: mairisch verlag

Michael Weins

Delfinarium

Roman

: mairisch verlag

[mairisch 21]
1. Auflage, 2009

www.mairisch.de

Lektorat: Daniel Beskos, Svea Kutschke, Peter Reichenbach
Korrektorat: Annegret Schenkel
Umschlaggestaltung: Carolin Rauen | www.carolinrauen.com
Umschlagfoto: Markus Warneke via www.photocase.de
Autorenfoto: Tanja Bächlein | www.bachlein.de
Satz: Peter Reichenbach
Druck: Friedrich Pustet KG, Regensburg

Printed in Germany
ISBN 978-3-938539-11-8

Für Thomas

Ob ich ich bin
ist nicht leicht zu sagen.
Zur Zeit bin ich eher
müde müde müde
und möchte lange
in ewigen Schlaf verfallen.
Da sind die Demarkationslinien
noch rätselhafter
als zwischen
ich du er wir ihr sie

Hans Arp, Ich du er wir ihr sie

Hätte man mir vorher ein Foto gezeigt und gesagt: »Sieh her, diese Frau wird dein Leben verändern«, ich hätte den Kopf geschüttelt und gelacht. Oder ich hätte Angst bekommen. Sie war nicht gerade das, was ich unter meiner Traumfrau verstand.

So hätte es ausgesehen, das Foto: Sie, im Zoo vor ein paar Büschen postiert, linkisch, ein Fuß vor dem anderen, die Hände seitlich auf der Hüfte verschränkt, mit verdrehten Fingern, die Schultern eingesunken. Eine blonde Frau, viel zu alt für mich, mit hoher, gewölbter Stirn und kleinen, stark geschminkten Augen, groß, lang, dürr, in einer Stewardessenuniform. Das Gesicht ernst, kein Anflug eines Lächelns. In der Ferne auf der Wiese unscharf ein Pampashase.

»Nee«, hätte ich gesagt, »die nicht.«

Da hatte ich noch keine Ahnung.

1. Der Giraffeneffekt

Der Mann, der mir die Tür öffnet, ist kleiner als ich, aber breiter gebaut. Sein Oberkörper sieht nach Hanteltraining aus oder körperlicher Arbeit. Das karierte Hemd spannt darüber. Sein Haar hat sich bereits gelichtet und ist zur Seite gescheitelt. Er schaut mich prüfend durch das dicke Glas einer Brille an, mit kleinen Äuglein, die zu lächeln beginnen, als ich ihm meine Hand entgegenstrecke. Ich betrachte die beiden groben Falten, die von seinen Nasenflügeln zu den Mundwinkeln reichen und ihm das Aussehen eines jovialen Habichts verleihen.

Gerade habe ich noch auf den Platten des Gehwegs gestanden, zwischen denen Unkraut wucherte, und die Fassade des Hauses abgesucht, konnte kein Zeichen von Leben entdecken. Die Flucht der Straße auf der einen Seite von Bungalows mit Firmenschildern gesäumt, in der Ferne das altmodische Gelb einer Telefonzelle und das Rosa von Heckenrosen, auf der anderen Seite die immer gleichen Reihenhäuser, eine verlorene Idylle.

Ich hatte mein T-Shirt in die Hose gesteckt und mir einen Ruck gegeben.

»Mein Name ist Martin«, sage ich, »wir haben telefoniert.«

Er greift nach meiner Hand und drückt sie kräftig.

»Hallo Martin, ich bin Henry, komm rein.«

Er zieht mich zu sich in den Flur.

Wir sind per Du. So schnell geht das.

Er ist deutlich älter als ich, ich hätte nie gewagt, ihn zu duzen. Aber wenn er es so will, okay. Martin. Henry. Es ist ein Missverständnis. Ich heiße Daniel und nicht Martin, ich heiße Daniel Martin. Er heißt Henry. Gut. Für ihn bin ich jetzt Martin. Martin, spreche ich innerlich vor mich hin. Ich bin Martin. Es gefällt mir, es klingt gut. Es gefällt mir, Martin zu sein. Es ist wie Urlaub von mir selbst. Zwischen Henry und mir scheint das Eis gebrochen.

Ich folge ihm durch einen dunklen Flur, in dem es nach Lederbekleidung riecht, ins Wohnzimmer.

In einem Kiefernsitzmöbel mit kariertem Bezug lässt er mich Platz nehmen. Ich sehe mir die Aquarelle von bräunlichen Baumgruppen an der Wand an. Er verschwindet aus dem Raum und kommt kurz darauf mit einem Tablett zurück, auf dem er zwei Gläser und zwei Dosen Tuborg-Bier balanciert. Es ist kurz nach drei Uhr, aber ich beschließe, mich den Sitten und Gebräuchen meines Gastgebers anzuschließen.

Henry setzt sich seitlich von mir in einen frei schwingenden Ledersessel. »So«, sagt er, öffnet das Bier. Er gießt uns ein. Ich nutze die Zeit, um mich heimisch zu machen, es gibt Kiefernregale, auf denen Gläser und Krüge und drei Bücher stehen, ein Klavier in einer Ecke des Raumes neben einem Deckenfluter und ein Trimm-dich-Fahrrad, wie meine Großmutter es hatte, als ich klein war. Vor dem Fenster breitet sich verwilderter Garten aus. In der Mitte, umgeben von kniehohem, ungemähtem Gras, steht eine Vogelskulptur. Ein großer Vogel mit ausgebreiteten Schwingen, den Schnabel zum Himmel emporgestreckt.

»Schöner Vogel«, sage ich. Henry lässt seinen Blick dem meinen folgen und lächelt. Dann reicht er mir ein Glas hinüber und wir stoßen an.

»So«, sagt Henry.

»Ja«, entgegne ich.

Wir sitzen uns gegenüber und lächeln. Da haben sich zwei gefunden. Er hat Bierschaum auf der Oberlippe.

»Worum geht's?«, fragt er mit echtem Interesse im Blick.

Die Frage bringt mich aus dem Konzept. »Die Anzeige«, sage ich, »die Ausflüge, Zoobesuche, ich möchte gerne mit Ihrer Frau in den Zoo gehen, wir haben ja schon am Telefon darüber gesprochen.«

Wer lässt einen Menschen in seine Wohnung und bietet ihm Bier an, denke ich, ohne sich zu erinnern, worum es geht?

Henry greift sich an die Brille und sieht auf seine Schuhe, ich tue das Gleiche, er trägt flauschige Hausschuhe und Tennissocken mit einem roten und einem blauen Ring um die Knöchel.

»Stimmt«, sagt er gedehnt, als sei das Wort auf seine Socken gestickt und er könne es dort ablesen. Dann sieht er wieder mich an.

»Was kannst du?«

Auf die Frage bin ich nicht vorbereitet. Ich bin irgendwie davon ausgegangen, ich ginge einfach untergehakt mit einer Frau spazieren, die sich von einer Gallenblasenoperation erholt oder so was, ich müsse nichts weiter können. Wie Zivildienst, hatte ich gedacht. Zivis müssen ja auch nichts können.

»Wie?«, frage ich.

»Meine Frau kann nicht sprechen«, sagt Henry.

Das konkretisiert seine Frage meiner Meinung nach kein bisschen.

»Ist sie stumm?«, frage ich. Ich wundere mich, warum es ihr dann hilft, durch den Zoo zu spazieren.

»Es gab einen Unfall«, sagt Henry. »Bei der Geburt unseres Kindes verlor sie das Bewusstsein. Sie war weg, sie ist ins Koma gefallen, aber bloß sieben Minuten.«

»Ah«, sage ich, etwas anderes fällt mir nicht ein. Ich trinke einen kräftigen Schluck Bier.

»Sonst ist sie völlig in Ordnung, sie kann sich anziehen

und so. Sie träumt nur ständig vor sich hin. Sie erkennt mich nicht. Und ihn auch nicht. Fast ein halbes Jahr schon, Manuel ist jetzt fünf Monate.«

Henry weist auf ein paar Fotografien, die im Regal stehen, die das Kind zeigen.

Ich schweige, weil ich beim besten Willen nicht weiß, was man in so einem Fall einem Mann mit einem Bierglas in der Hand erwidert. Ich weiß nicht, was ich mit der Information anfangen soll.

»Und da hilft es, wenn man mit ihr in den Zoo geht?«, frage ich.

»Ja«, sagt Henry. »Ins Delfinarium. Da geht sie gerne hin. Es tut ihr offensichtlich gut. Aber ich kann mich nicht die ganze Zeit um sie kümmern, ich muss ja auch arbeiten.«

Wir einigen uns darauf, dass wir es miteinander versuchen wollen, wenn seine Frau positiv auf mich reagiert. Ich soll eine Bezahlung von 15 Euro pro Stunde erhalten, ich würde auch für weniger Geld in den Zoo gehen.

Henry ist schon im Flur, um seine Frau zu holen, als er noch einmal zurück ins Wohnzimmer schaut.

»Moment«, sagt er, »erzähl mir noch etwas über dich, ich weiß gar nichts über dich, ich denke, ich sollte erst etwas besser über dich Bescheid wissen.«

Es scheint ein ziemliches Hin und Her in ihm zu geben. Wir waren nach zwei Sekunden schon beim Du, haben gemeinsam Bier getrunken, haben uns über die Bezahlung geeinigt, und jetzt will er mehr über mich wissen. Er steht an den Türrahmen gelehnt, fasst sich an die Brille, er scheint sich selbst nicht sicher zu sein.

»Was wollen Sie ..., was willst du wissen?«, frage ich.

»Was machst du sonst, warum bist du der Richtige für den

Job, was kann sie von dir bekommen, was sie von jemand anderem nicht bekommen kann?«

Ich seufze und sehe mir innerlich noch einmal meinen Notizzettel durch: Schulisches Berufspraktikum, Job in der Brotfabrik, das kann ich vergessen. Als Kind besaß ich ein Aquarium, aber das macht mich sicher nicht zum Fachmann für Sprachlosigkeit im Allgemeinen.

»Ich bin als Kind gerne in den Zoo gegangen«, sage ich. »Meine Lieblingstiere waren die Giraffen, ich hatte eine Jahreskarte, und immer wenn ich vor dem Giraffengehege stand, kam ich mir vor wie in einem surrealistischen Spielfilm. Es konnte diese Tiere nicht geben, ich musste sie träumen, so etwas konnte es nicht in Echt geben, nicht in meiner Stadt, diese sonderbar proportionierten Körper, dieses Muster. Ich saß auf der Bank vorm Gehege und musste mich kneifen, und wenn sie dann noch ihre Zungen, ihre bläulichen Zungen herausfuhren, um sich Blattwerk in den Mund zu ziehen, war es um mich geschehen.«

Henry ist eine Weile still. Dann greift er nach einer der Dosen auf dem Tablett und kippt sich die letzten Tropfen in den Mund. Er sieht mich durch dicke Brillengläser seltsam melancholisch an.

»Kann ich dir vertrauen, Martin?« Er sieht traurig aus, als er es sagt. »Das ist nämlich das Wichtigste für mich.«

Ich sage »Ja« und werde ebenfalls traurig, warum, weiß ich nicht, vielleicht weil es aberwitzig ist, irgendwem oder irgendeinem Ding zu vertrauen. Nichts im Leben ist bis zum Schluss vertrauenswürdig. Man kann nie davon ausgehen, dass man sich auf irgendwen oder irgendetwas restlos verlassen kann. Es geht nicht. Man kann sich nie vorbehaltlos zurücklehnen, und man muss es trotzdem tun, weil man sonst alleine ist oder verrückt wird. Du kannst dich auf nichts verlassen, also fang an damit, in diesem Augenblick. Das habe ich in irgendeinem Buch gelesen.

Vielleicht werde ich auch traurig, weil ...

»Du kannst dich auf mich verlassen«, sage ich, obwohl er Martin die Frage gestellt hat und ich in Wirklichkeit Daniel bin. Ich greife nach meinem Glas, um mich an etwas festzuhalten.

Wir sehen uns an.

Ich bleibe alleine im Wohnzimmer zurück, stehe auf und gehe im Raum umher. Auf dem Klavier liegen Noten, Chopin und Debussy, aber am Staub auf dem Deckel kann ich erkennen, dass schon lange nicht mehr gespielt wurde. Ich stelle mir Henry vor, wie er abends mit einer Dose Bier auf dem Hocker sitzt und einhändig den Flohwalzer übt, die Terrassentür steht weit offen, und ein unbeteiligter Zuschauer kann den Eindruck gewinnen, dass der steinerne Vogel im Garten kurz davor ist, sich ins tiefe Blau des Abendhimmels zu stürzen.

Die Fotos in silbernen Rahmen auf dem Regalbrett zeigen alle einen kleinen Jungen mit blonden Haaren in verschiedenen Posen. Auf einem Bild liegt er auf einer ausgebreiteten Decke, auf einem anderen reitet er auf dem Rücken einer hölzernen Schildkröte. Der Junge sieht viel älter als fünf Monate aus. Finde ich. Manuel. Ich höre die Treppe knarzen.

Henry schiebt seine Frau ins Wohnzimmer. Sie bleibt hinter der Schwelle stehen, sodass er gezwungen ist, draußen zu bleiben. Sie trägt einen dunkelblauen Rock und eine weiße Bluse und über der Bluse ein dunkelblaues Jäckchen. Es sieht aus wie eine Uniform, eine Stewardessenuniform, es ist aber ganz normale Kleidung. Zivilkleidung. Es sind keine Abzeichen darauf. Sie trägt eine Strumpfhose und dunkelblaue Schuhe mit flachen Absätzen. Um den Kragen der Bluse ist ein gelbes Tuch geknotet. Ihr Haar beherrscht den Raum, es flutet zu mir herüber und rührt mich auf eine unerklärliche Weise an, ein ganzes Weizenfeld von Haaren, ein Python aus Licht, der sich zu mir herüberringelt und sich mir um den Hals legt, zudrückt. Das blondeste Haar, das ich jemals zu Gesicht bekommen habe, blendend fließt es an ihrem Gesicht vorbei auf ihre Schultern und bedeckt ihre Brust, es muss ihr bis auf den Rücken reichen, sie trägt eine schimmernde Aureole, und ich sitze mit offenem Mund und brauche eine Weile, bis ich mich von ihrem Scheitel löse, tiefer schaue, bis ich ihr in die Augen sehen kann.

»Das ist Susann«, sagt Henry, schiebt sie noch ein Stück nach vorne.

»Susann, das ist Martin. Setz dich bitte.«

Sie setzt sich auf den Platz, auf dem Henry zuvor gesessen hat, die Knie eng beieinander, die Hände auf den Knien. Sie schaut an mir vorbei geradeaus in den Garten, wo sich ihr Blick verliert. Sie hat eine stark gewölbte Stirn, darunter liegen zwei türkise Augen verborgen, sie glimmen nur für sich, still vor sich hin, und haben nichts mit mir oder irgendeinem anderen Adressaten zu tun. Sie sitzt sehr gerade und ist ebenso groß wie ich, wenn nicht größer, ich habe mich noch nie besonders gerade halten können.

»Hallo«, sage ich, »ich bin Martin.« Eigentlich sollte ich sagen: »Ich bin Daniel, mein Nachname ist Martin«, aber ich will die beiden nicht enttäuschen. Ich bin verwirrt, ich weiß nicht, wohin mit meinen Blicken. Ich blicke auf meine Hände, die sich selbsttätig reiben. Sie folgt meinen Blicken. Wir schauen beide meinen Händen zu. Und für einen kurzen Moment blickt sie mir in die Augen, bevor sich ihr Blick wieder in den Garten verliert. Und plötzlich weiß ich, dass alles gut werden wird. Was genau, weiß ich nicht, aber in diesem Moment ist alles richtig. Ich bin glücklich und sehe zu Henry hoch, der ebenfalls gerührt zu sein scheint und sich hinters Brillenglas fasst.

Ich bin verzaubert, es ist der Giraffeneffekt. Ich fürchte, dass sich der Boden unter mir bewegen, sich absenken könnte, und ich hinge plötzlich in der Luft, unfähig, mich zu bewegen.

Susann, probiere ich innerlich aus, Manuel, Henry, Martin.

Ich fühle mich betrunken, als ich mein Fahrrad aufschließe. Henry lehnt mit verschränkten Armen in der Haustür und stellt mir die Frage, auf die ich irgendwie gewartet habe: »Wie heißt du eigentlich mit Nachnamen? Wenn ich mal bei dir anrufen muss.«

Super, das kann ja heiter werden.

»Daniel«, sage ich, »Martin Daniel.«

»Lustig«, sagt er, »zwei Vornamen.«

Ich stelle mir vor, wie mein Vater ans Telefon geht und sich mit »Martin« meldet. Ich kann ihn wohl kaum dazu überreden, sich mit meinem Vornamen zu melden. Und Henry wird fragen: »Martin, bist du's?«

Mein Vater wird sagen: »Bitte?«

Und Henry: »Ich wollte Martin sprechen. Sind Sie Herr Daniel?«

Ich blase meine Backen auf und trete in die Pedale.

Mein Weg führt schnurgerade am Deich entlang, wo mich der Gegenwind erfasst, wo ich ihm ausgeliefert bin. Er nutzt die Straße als Schneise, kämmt dem Deich wild das Gras, bläst mir mitten ins Gesicht. Es ist wie im Albtraum, in dem man sich abstrampelt, um einer Gefahr zu entkommen, aber es gelingt nicht, man kommt nicht von der Stelle. In solchen Momenten hasse ich es, auf dem Dorf zu wohnen. Ich stehe in den Pedalen, krümme mich zusammen, um dem Wind möglichst wenig Widerstand zu bieten, doch ich komme kaum vorwärts. Eine Transportmaschine von Airbus taucht über den Baumwipfeln auf, um irgendwo hinter dem Deich hinter dem hohen Zaun zu landen, dröhnt dicht über mich hinweg. An der Unterseite des Flugzeugs lese ich das Wort *Cargo*.

Ich kann nicht behaupten, dass ich verstehe, was da genau mit Henry und seiner Frau nicht stimmt. Etliche Punkte sind unklar geblieben. Ich weiß so gut wie nichts darüber, was mit der Frau los ist, medizinisch, meine ich. Ist sie verrückt oder behindert? Muss ich vorsichtig sein? Kann ich etwas verkehrt machen? Was soll ich im Notfall tun? Ich habe nicht einmal ein Handy, weil ich es bisher sinnlos fand, Geldverschwendung, als einer der letzten Menschen im Universum. Ich weiß nur, dass ich Ausflüge unternehmen werde, wir haben uns für morgen Nachmittag verabredet. Ich frage mich, wie. Ich kann Susann ja schlecht auf meinen Gepäckträger setzen. Ich habe seit zwei Jahren einen Führerschein, aber kein Auto. Mein Vater hat keins. Zur Schule bin ich früher mit dem Fahrrad gefahren, und wenn ich über den Fluss in die Stadt will, nehme ich den Bus, der durch den Tunnel fährt, oder ich nehme die Fähre.

Ich muss an *Parzival* denken, das Buch, das wir im letzten Schuljahr gelesen hatten. Auch wenn ich nicht mehr viel von der Handlung weiß, ich erinnere, dass Parzival die Gralsburg betritt und nicht auf die Idee kommt, den König Anfortas zu fragen, was ihm fehle. Hinterher stellt sich heraus, dass das sein großer Fehler war, dass Parzival sein halbes Leben durch die Gegend irren musste, bloß weil er die richtige Frage nicht gestellt hat. Susann ist bei der Geburt ihres Sohnes ins Koma gefallen, ist irgendwie weg gewesen, sieben Minuten, und jetzt ist sie nicht mehr normal, nicht mehr ganz da. Sie spricht nicht und wirkt abwesend. Aber was bedeutet das? Hätte ich fragen müssen? Ich habe den Eindruck, dass ich nicht darauf komme, dass ich die richtige Frage nicht weiß, nicht hier auf dem Fahrrad und schon gar nicht, wenn ich in diesem Wohnzimmer sitze und Dosenbier trinke. Ich schwitze, mein Atem brennt.

Was soll's, denke ich, 15 Euro. Nicht schlecht für den Anfang.

»Ich habe einen neuen Job«, sage ich, als ich zu Hause ins Wohnzimmer trete. Mein Vater sitzt in seinem Sessel und schaut den Apfelbaum an. Die Zweige biegen sich bis auf den ungemähten Rasen. Rasenmähen, das ist eindeutig meine Aufgabe, da gibt es klare Absprachen, die ein Taschengeld mit einbeziehen. Ich war im Herbst zu faul zum Ernten, jetzt bin ich zu faul zum Rasenmähen, und er ist zu schwach und zu versunken in seine Strickjacke und seine Pantoffeln.

»Gut«, sagt er, ohne mich anzugucken.

»Willst du wissen, was es ist?«, frage ich.

»Hm«, macht er, aber ich merke, dass er ganz woanders ist, irgendwo in der Vergangenheit wahrscheinlich, auch so ein König Anfortas. Also lasse ich ihn sitzen und gehe in die Küche, um uns beiden etwas zu essen zu machen.

2. Das größte zusammenhängende Obstanbaugebiet der Erde

Als wir hierher zogen, hat mich der Name angesprochen. Es hatte wie im Märchen geklungen, wie aus einem Buch von Tolkien oder Astrid Lindgren. Altes Land. Super, hatte ich gedacht, bald lebe ich im *Alten Land.* Ich rede mit weisen Frauen, reite auf einem Schimmel zur Schule, ein einäugiger Schmied stattet mich der Prophezeiung gemäß mit einem edelsteinbesetzten Schwert aus, und im unterirdischen Schulgewölbe sitze ich in einer Reihe mit Zwergensöhnen und Mädchen mit Pfauenaugen. Als wir dann hierher kamen und ich feststellte, dass das Geheimnis des Alten Landes hauptsächlich aus Obst besteht, aus Plantagen und Gewächshäusern und Trecker fahrenden Apfelmenschen, die düngen und breit sprechen, stellte sich Ernüchterung ein.

Aus meinem Zimmer habe ich einen Blick auf die Obstbäume im Garten, auf dem Grundstück dahinter steht ein Gewächshaus, und dahinter erstreckt sich der neue Friedhof der Gemeinde, ein Meer aus blank poliertem Marmor. Da ist schon Schluss mit Dorf, dort beginnen die Obstplantagen, militärisch gedrillte Apfelbäume, endlos in Reih und Glied.

Im Ganzen ist Neuenfelde ein schmaler Streifen Häuser und Höfe, der sich mehrere hundert Meter am hinteren Deich entlangzieht. Vor dem Deich Obstbäume bis zum Ufer des Flusses, auf dem sich die Containerriesen vorbeischieben, hinter dem Dorf Obstbäume, das größte zusammenhängende Obstanbaugebiet der Erde. Eine ganz schöne Umstellung, wenn man mal mitten in der Großstadt gelebt hat.

Ich schaue mir den Rücken von Petra an, die in meinen Platten herumwühlt.

Sie kommt jetzt öfter vorbei. Wir haben uns angefreundet, weil wir denselben Schulweg teilten. Wir waren die einzigen in unserer Stufe, die aus Neuenfelde kamen und in Finkenwerder aufs Gymnasium gingen, die sich jeden Morgen auf ihren Fahrrädern am Deich entlang in die Stadt quälten. So richtig haben wir uns jetzt erst befreundet, weil sie zurückgekommen ist, Semesterferien, und ich immer noch da bin. Und wenn ich ehrlich bin, ist sie meine einzige Freundin, und das hat nicht nur etwas mit dem Schulweg zu tun, sondern auch damit, dass wir beide gut in der Schule gewesen sind, das isoliert und schweißt zusammen.

Petra ist die Tochter des Pastors und wir wohnen im Haus des Organisten, also haben wir fast zwangsläufig Kontakt. Ihr Vater und meiner kennen sich irgendwie von früher. Der eigentliche Organist wohnt nicht im Organistenhaus, sondern auf der anderen Flussseite. Er kommt nur für die Gottesdienste und die monatlichen Konzerte auf der berühmten Orgel herüber. Das Organistengehalt reicht ihm nicht, er gibt außerdem Klavierunterricht, und in der Stadt wollen mehr Leute Klavier spielen als hier unter den Apfelmenschen.

Ich betrachte ihren Rücken und frage mich, wie es kommt, dass ich, solange ich mich für Frauen interessiere, immer bloß die komischen abbekomme. Die, für die sich sonst keiner interessiert. Natürlich verliebe ich mich auch immer in die hübschen. Aber bekommen habe ich sie nie. Schon während der Schulzeit haben sich immer nur die unscheinbaren, komischen für mich interessiert, die klugen Mädchen mit den Brillen, die sich schon mit zwölf für Philosophie begeistern, oder für deutsche Geschichte, mit denen man sich prima über Gott oder Hegel unterhalten konnte. Wie Petra. Vielleicht wären mir in Wahrheit die Worte ausgegangen, wäre ich mal mit einer richtig Hübschen zusammen gewesen, vielleicht hätte ich gar nicht gewusst, worüber wir reden sollen. Wenn ich mich einer näherte, versagte mir die Stimme. Wenn ich von einer ernsthaft etwas wollte, brach mir der Schweiß aus, ich wurde rot wie die Feuerwehr und musste mich permanent räuspern. Und im Grunde ist es immer noch so. Ich bin jetzt 20, aber innerlich fühle ich mich immer noch wie elf. Also spreche ich sie gar nicht erst an. Dafür sprechen mich die mit der inneren Schönheit an, bei denen ist alles okay mit meiner Stimme. Da kann ich nett und charmant sein und bei den Hübschen verhalte ich mich wie Obelix, der sich in Falballa verliebt.

»Du hast ja immer noch nur Hippieschallplatten«, sagt Pet.

»Wie?«, frage ich, weil ich abgelenkt bin.

Petra ist klug und sehr, sehr nett, ein richtiger Kumpel zum Pferde oder Äpfel stehlen, aber verliebt bin ich nicht. Auch wenn wir miteinander geschlafen haben.

»Hier hat sich ja nichts verändert, uralte Hippieschallplatten«, sagt sie. »Dabei siehst du immer noch nicht aus wie ein Hippie.«

Ich runzele die Stirn, was sie nicht sehen kann. Ich mag es nicht, wenn Leute irgendwelche nebensächlichen Besitztümer von einem sichten und so tun, als könnten sie auf dieser Grundlage sichere Werturteile fällen. Es gibt Leute, die gucken dein Regal an oder deinen Kleiderschrank oder die Schuhe, die du trägst, und glauben, sie könnten dir auf dieser Basis genau sagen, wer du bist und was du vor zwei Wochen getan hast oder in Zukunft tun wirst. Ich mag das nicht, gerade wenn diese Leute die Wahrheit erkennen, denn meine Gegenstände sind genau so farblos und langweilig wie ich, sie können es bloß schlechter verschleiern.

»Das sind keine Hippieschallplatten«, sage ich. »Das sind immer noch Rockschallplatten aus den sechziger und siebziger Jahren. Ich mag diese Musik.«

»Stimmt«, sagt Pet, »das hört wirklich immer noch Ende der siebziger Jahre schlagartig auf. Du bist ein Hippie, man hat ja keine Ahnung, man merkt es dir einfach nicht an. Vermutlich trägst du nachts einen Batik-Schlafanzug und kiffst zum Frühstück.«

»Haha«, sage ich, »sehr witzig.«

Die Wahrheit ist, dass die Schallplatten meiner Mutter gehört haben. Und mir sind nicht viele Sachen von meiner Mutter geblieben, insofern besitzen sie einigen Wert für mich. Außerdem hört mein Vater bloß klassische Musik. Und irgendwo muss man sich ja abgrenzen. Ich selbst fände es noch schlimmer, wenn ich den ganzen Tag nur Bartok, Bruckner und Gluck hören würde.

»Was hörst du denn jetzt für Musik?«, frage ich.

»Alles«, sagt Pet. »Rollins Band, die Pixies und die Smiths.«

»Ganz aktuell ist das ja wohl auch nicht«, sage ich.

»Nein«, sagt sie und zieht mit spitzen Fingern eine LP von Jefferson Airplane heraus. »Aber wenigstens ist das Großer-Bruder-Musik und nicht Elternmusik.« Sie dreht sich um und schaut mir vorwurfsvoll in die Augen. »Du hörst richtige Elternmusik, das ist das Letzte. Du versuchst das Leben deiner Eltern nachzuleben.«

»Stimmt«, sage ich.

Was meinen Vater anbelangt, bräuchte ich mir dafür bloß eine Strickjacke überzuziehen und mich in den Sessel zu setzen, den inneren Schalter auf apathisch drehen.

Ich betrachte den Rücken von Petra und frage mich, warum sie so anders ist als ich.

Erst gestern habe ich neben ihr im Garten gestanden und ihr dabei zugesehen, habe ihr zur Hand gehen müssen, wie sie ein Banner für die Demo auf dem Deich malte. Wir haben im Garten gestanden und ich guckte zu, wie sie rote Buchstaben auf ein Betttuch schmierte. Ich hatte ihr helfen sollen, aber dann stand ich bloß da und wusste nichts zu tun. Es war einfach ihr Job und ihre Aufgabe. Manchmal hatte ich den Stoff stramm gezogen, damit die Buchstaben besser saßen.

WIDERSTAND hatte sie geschrieben.

»Hilfst du mir nun?«, hatte sie gefragt, als wir die Holzlatten an das Laken nagelten.

»Tu ich doch«, hatte ich geantwortet.

»Nein, ich meine, ich kann das Ding ja schlecht alleine über den Deich tragen, hilfst du mir bei der Aktion?«

Ich musste schlucken. Ich sah mich auf dem Deich vor dem Airbus-Werk stehen, von Boulevardreportern fotografiert. Mein Gesicht am nächsten Tag auf der *Bild*-Zeitung, morgens beim Bäcker. Ich, wie ich ein Banner mit der Aufschrift ›Widerstand‹ trage, gerade ich, der immer den Weg des geringsten Widerstands geht, der so brav wie ein Lesebuch ist.

»Ja«, sagte ich, obwohl ich keine Meinung zu der Sache habe. Ich kann sie alle verstehen, das ist schon immer meine Schwäche gewesen. Ich dachte an die Leute, die bei Airbus ihren Job haben und keine Lust, ihn wegen ein paar Spinnern zu verlieren. Ich dachte an die Obstbauern, die ihr Land verkaufen sollen, das seit Generationen im Besitz ihrer Familien ist. Ich dachte an die von der Presse, die jetzt im Dorf herumhängen und die ganze Sache großartig finden, es hat ja nichts mit ihren Leben zu tun. Und ich dachte an die, die nicht wollten, dass in ihrem Vorgarten eine Landebahn endet, dass Transportflugzeuge wie schneeweiße Belugawale knapp über ihre Schornsteine schrammen.

Warum ist bei Petra alles so klar? Sie studiert Umweltrecht an der Uni in Lund, Südschweden, um sich später als Anwältin bei *Greenpeace* oder *Attac* zu engagieren. Vorher ist sie ein Jahr für das deutsche Missionswerk in Indien gewesen, nicht nur ihrem Vater zuliebe. Sie engagiert sich gegen den Ausbau der Landebahn, organisiert Demos und Versammlungen. Vor gar nicht allzu langer Zeit hat sie noch Artikel über Senatspolitik, Brechmitteleinsatz usw. für die Schülerzeitung geschrieben. Für mich ein völlig fremder Kontinent, dieses Engagement. Sie scheint in dem, was sie tut, völlig aufzugehen. Bei mir bleibt immer ein Rest. Ich bin die meiste Zeit mit der Frage beschäftigt, wie man überhaupt die Wüste durchqueren soll, die die anderen Leute Leben nennen. Sie steht auf dem Deich mit der Flüstertüte, verteilt Flugblätter, bekommt rote Bäckchen vom frischen Wind und kommt sich dabei überhaupt nicht lächerlich vor. Und ich muss bei solchen Aktionen immer denken: Asterix gegen die Römer.

»Ho-Ho-Ho-Tschi-Minh«, sagte ich, ein kleiner Versuch, witzig zu sein.

Petra war dabei, mit der Schere Löcher in das Tuch zu schneiden, damit der Wind hindurchwehen konnte und uns nicht hinaus auf den Fluss blasen würde. Sie hielt inne und richtete die Schere auf mich.

»Du brauchst es ja nicht ernst zu nehmen. Das gelingt dir sowieso nicht, du wirst niemals etwas finden, das dir etwas bedeutet.«

»Du bist aber empfindlich«, sagte ich. Ich versuchte, überlegen zu lächeln, herausfordernd, aber es klappte nicht, es sah bescheuert aus, das spürte ich.

»Ja, aber du kannst mal versuchen, die Klappe zu halten und keinen Senf abzusondern, wenn du etwas nicht verstehst. Du kannst etwas Respekt haben.«

Auch sie lächelte, aber es war klar, dass sie sauer war und recht hatte.

»Ist ja gut«, sagte ich und blickte die kirchlichen Kirschbäume an, die voller Früchte hingen. Ich spielte bloß schon wieder, Kindergartenfasching, diesmal würde ich als Demonstrant gehen.

»Was ist mit Sex?«, fragt Petra. Die Schallplatten sind ihr langweilig geworden. Ich habe uns Kakao gemacht, wir hören eine Platte von *Soft Machine*, die ich mir ausnahmsweise selbst gekauft habe.

»Lass uns miteinander schlafen«, sagt sie und sieht mich direkt an, zu direkt. Das Thema ist ihr eindeutig zu wichtig. Wir hatten schon nach der Aktion mit den Holzlatten Sex, sportlich, leidenschaftslos. Jeden Tag muss ich das auch nicht haben, Sex ohne Liebe.

»Nicht heute«, sage ich. »Du bist sexbesessen.«

Das erste Mal haben Petra und ich im Frühsommer vor dem Abitur miteinander geschlafen. Es scheint mir eine Ewigkeit her. Damals war es abends schon länger warm, die Kirschbäume standen in voller Blüte. Es hatte von Anfang an nichts mit Liebe zu tun, zumindest nicht von meiner Seite aus, von ihrer auch nicht, da bin ich mir eigentlich sicher, und sonst macht es auch keinen Sinn. Es ist ein Trainingslager, eine rein körperliche Geschichte. Es geht bloß um Sex, ums Erfahrungen sammeln. Es war mein erstes Mal, nicht nur bezogen auf Petra, ich bin die ewige männliche Jungfrau gewesen.

Damals hatte sie mich abgeholt, eine Flasche Wein im Gepäck. Sie wollte mir einen ihrer Lieblingsorte zeigen. Wir spazierten auf dem Deich in die Abenddämmerung. Sie führte mich zu einem Platz hinter dem Deich, wo man auf einen Steg am stillgelegten Teil des Flusses gelangt, einer Art Blinddarm des Flusses. Die Äste eines Pflaumenbaumes bogen sich über den Steg, berührten das Wasser, Mücken tanzten über der Oberfläche, die perfekte Idylle. Wir sprachen über dies und das, und nach und nach schnürte sich mir die Kehle zu.

Ich spürte, dass etwas auf mich zukam.

»Man muss sich nicht lieben, um miteinander zu schlafen«, sagte sie, als wir beide angetrunken waren. Ihr Gesicht näherte sich meinem.

»Vielleicht ist es sogar besser, wenn man bloß befreundet ist, die Erwartungen sind dann geringer.«

Ihre Argumente leuchteten mir ein, zumindest mit einer halben Flasche Wein im Kopf. Ich nahm ihr die Brille ab. Sie zog ein Kondom aus der Tasche. Sie trug einen sehr umfangreichen BH, stellte ich fest, der mich an Industrialisierung erinnerte. Ich wusste nicht, ob es für sie ebenso das erste Mal sein würde wie für mich, ich achtete nicht auf Blut und so was, aber später erzählte sie mir, dass sie schon mit ihrem Hockeylehrer geschlafen hatte.

Anschließend gingen wir Hand in Hand den Deich entlang und ich schwebte, nicht nur wegen des Weins.

Ich sehe ihren Rücken an, die im Nacken ausrasierten Haare.

Ich muss wieder an diese Hippie-Sache denken. Vielleicht bin ich wirklich ein Hippie, ich habe es bloß nicht mitgekriegt. Vielleicht hat es gar nichts mit dem Aussehen zu tun, mit den Klamotten, die man trägt, sondern mit Einstellungen, mit Werten, aber auch mit Schallplatten. Ich trage Schuhe an den Füßen und eine Jacke, wenn es kalt ist. Da hört mein Geschmacksverständnis auf.

»Ja, ich bin ein Hippie«, sage ich und mir fällt auf, dass es irgendwie aus dem Zusammenhang gerissen klingt. Petra runzelt die Stirn.

»Komm«, sage ich und springe auf. »Ich muss das Abendessen machen. Willst du mitessen?« Petra nickt und wir gehen hinunter in die Küche.

»Ich habe wieder einen Job,« sage ich auf der Treppe.

»Echt?«, fragt sie, »was ist es?«

3. Sieben Minuten

Im oberen Stockwerk gibt es drei Zimmer, zwei Türen stehen offen, eine ist geschlossen. Ein Zimmer ist sehr klein, ich schaue in Manuels, in das Kinderzimmer, ein Gitterbett steht unter dem Fenster, von dem orangefarbene Gardinen mit Clowns herabhängen. Wo ist der eigentlich, frage ich mich, noch so eine Frage. Im anderen Zimmer steht ein Ehebett, auf dem eine aufgeschlagene Computerzeitschrift liegt, das Zimmer geht zur Straße hinaus, in der Ferne kann ich einen Zeppelin mit der Aufschrift *Miele* durch den Himmel fahren sehen. Von unten höre ich das Knacken des Verschlusses, als Henry sich in der Küche eine Dose Bier aufmacht. Er hat gesagt, ich solle hochgehen und mir Susanns Zimmer anschauen, so würde ich einen noch besseren Eindruck bekommen. Ich klopfe vorsichtig an die geschlossene Tür, klopfe erneut, als keine Reaktion kommt, und trete vorsichtig ein. Susann sitzt mit dem Rücken zur Tür an einem Frisiertisch, betrachtet sich im Spiegel und kämmt ihr Haar. Sie trägt dieselbe Kleidung wie am Tag zuvor, oder vielleicht hat sie viele weiße Blusen und blaue Röcke. Das Jäckchen ist um die Stuhllehne gelegt. Ich schaue ihren Rücken an, die knochigen Schultern, die spitz aus dem Haar hervorstechen. Sie kämmt und lässt sich durch mich nicht stören. Ich stehe in der Tür und lausche den Klängen einer Spieluhr irgendwo im Raum, und ich höre Susann summen, das erste Mal, dass ich etwas von ihr höre.

Ich frage mich, wie ich sie ansprechen soll. Sie ist 32 Jahre alt, hat Henry gesagt, viel älter als ich.

»Hallo«, sage ich mit einer Stimme, als würde ich zu einem verletzten Tier sprechen, »ich bin es, Martin«, als könne sie das nicht selbst sehen.

Sie kämmt und ich sehe mich im Zimmer um. Ihr Zimmer ist ein Delfinmuseum. An den Wänden Delfintapete, in regelmäßigen Abständen ist eine Gruppe von drei Tieren abgebildet, die übermütig über die immer gleichen Wellen springen, das Bett aus unbehandeltem Kiefernholz mit Delfinbettwäsche bezogen, auf einer Kommode ein gläserner Delfin, der auf seiner Schwanzflosse balanciert. Hier hat jemand ganze Arbeit geleistet.

Mein Blick kehrt zu ihrem Haar zurück und mir ist, als würde Sonnenlicht direkt in mein Auge reflektiert, ein Gleißen geht von ihren Haaren aus, ein Knistern, dabei scheint die Sonne gar nicht, es ist ein bewölkter Tag. Durchs Fenster kann ich sehen, wie schwere Wolken die Wipfel der Erlen hinter dem Haus zerzausen.

Ich stehe in der Tür mit hängenden Armen. Ich vergesse zu atmen, lausche dem Geräusch der Bürste in ihrem Haar, ein volles, sattes, ein sommerliches Geräusch, in dem ich mich verliere.

Ich bin da, erinnere ich mich nach einer Weile. Ich räuspere mich. Röte schießt mir ins Gesicht.

Sie dreht sich um und sieht mich aus großen Augen an. Sie schläft, denke ich, ein Blick wie ein Haus mit verwaisten Fenstern, und ich bin dazu da, um in allen Zimmern Licht anzumachen. Was denkst du denn da für einen Scheiß, höre ich mich denken, ist noch alles okay mit dir? Bei mir selbst weiß ich wenigstens genau, welchen Ton ich anzuschlagen habe.

»Ich warte unten«, sage ich und schaue hilflos auf mein Handgelenk, an dem sich keine Armbanduhr befindet.

Sie schaut auf den Boden.

»Ich gehe schon mal runter«, sage ich, »ich warte unten.«

Im Auto fällt mir auf, dass es komplizierter ist, als ich es mir vorgestellt habe. Henry hat mir ohne zu murren den Autoschlüssel für seinen Honda in die Hand gedrückt. Dann hat er Susann zum Auto hinter sich hergezogen, als wäre sie ein Koffer auf Rollen. Ich muss lächeln. Ich habe über ein Jahr für die Fahrschule benötigt, dabei neunundsiebzig Fahrstunden absolviert und zwei Fahrlehrer verschlissen. Und seither kaum Fahrpraxis. Und er gibt mir seinen Autoschlüssel einfach so. Ich litt damals unter wiederkehrenden Träumen, in denen sich das Auto unter mir selbstständig machte, ich konnte es nicht zähmen, Lenkung und Pedale reagierten nicht auf meine hektischen Versuche. Komischerweise freue ich mich jetzt aufs Autofahren.

Das Problem ist eher, dass ich allein mit einer Frau bin, die schweigt. Sie sitzt neben mir auf dem Beifahrersitz und schaut geradeaus ins Nichts, hält sich an einer hellblauen Handtasche mit goldenem Verschluss fest. Ich kann die Grenzen ihrer Welt körperlich spüren, wie eine Glocke oder einen Kokon, der mich von ihr fernhält.

Ich frage mich, was in diesen sieben Minuten passiert sein mag, in denen sie ohne Bewusstsein gewesen sein soll. Anscheinend handelte es sich um entscheidende Minuten. Ich habe einmal ein Buch von einem Siebziger-Jahre-Musiker gelesen, der nach einem Messerattentat monatelang im Koma lag. Während es nach außen so aussah, als läge er einfach dumpf vor sich hin, menschliche Vegetation, hatte er innerlich die bewegtesten Erlebnisse. Er wanderte allein durch fremde Landschaften, hatte aufwühlende Begegnungen mit sonderbaren Wesen, Wächtern, schnabelbewehrten Kreaturen, als wäre er wochenlang in einem Drogentrip zu Gast.

Ich stelle mir vor, dass Susann innerlich für Wochen, Monate oder Jahre unterwegs war, und in unserer Wirklichkeit waren nachher bloß sieben Minuten vergangen. Wie bei den Astronauten, die einmal mit Lichtgeschwindigkeit ins nächste

Sonnensystem fliegen werden, Alpha Centauri oder was weiß ich. Während sie bloß zwölf Jahre unterwegs sind, und auch diese Zeitspanne kommt mir schon unvorstellbar lang vor, sind auf der Erde im gleichen Zeitraum 80 Jahre vergangen. Sie fliegen mit 30 nach Alpha Centauri, kehren als 42-Jährige zurück, aber dort, wo sie losflogen, lebt kein Mensch mehr, mit dem sie ihr Leben teilten. Ich verstehe es nicht ganz, es hat etwas mit Einstein und der Relativitätstheorie zu tun. Und in Susanns Fall, stelle ich mir vor, ist es genauso. Ihre eigene Relativitätstheorie. Sie war bloß sieben Minuten weg, aber innerlich hat sich ihre Welt mehrfach um die eigene Achse gedreht. Vermutlich kennt sie niemanden mehr, seit sie aufgewacht ist, weil alle, die sie gekannt hat, mittlerweile gestorben sind, innerlich. Oder so.

»Wollen wir den Rundgang machen?«, frage ich, bereit, den Hinweisschildern zu folgen. Ich nehme mir einen Plan von der Theke am Eingang und sauge Tierparkluft in meine Lungen. In der Ferne sehe ich Susanns weißen Rücken, den blauen Rock. Sie ist ohne mich losgegangen. Mir bleibt nichts anderes übrig, als hinter ihr herzuhetzen. Sie legt ein ziemliches Tempo vor.

»Moment«, sage ich, als wir den Teich mit den Flamingos und den Pelikanen passieren.

Sie dreht sich zu mir um, ihr Gesicht hat einen entschlossenen Ausdruck angenommen. Sie weiß, was sie will, das ist deutlich zu erkennen. Sie blickt mir nicht ins Gesicht, sie schaut über meine Schulter hinweg. Ihre Nasenflügel beben, kleine Schweißperlen haben sich auf ihrer großen, runden Stirn gebildet. Ich habe plötzlich Lust, diese Stirn zu küssen, wozu ich mich auf die Zehenspitzen stellen müsste. Ich mag sie, ich verstehe nicht warum, aber sie gefällt mir. Als Frau ist sie überhaupt nicht mein Typ, sie ist so groß und knochig. Sie ist so sonderbar, nicht nur ihr Verhalten, ihre ganze Physiognomie. Aber vielleicht ist es auch genau das, sie passt äußerlich irgendwie zu meinem Inneren. Oder andersherum. Sie marschiert los und ich bleibe verdattert zurück. Ein Dackel ohne Halsband läuft an mir vorbei, bleibt stehen, sieht sich nach mir um, setzt sich auf seine Pfoten und starrt mich an, so wie ich Susann hinterherstarre. Mein Blick wandert zum Marterpfahl hinüber, der neben dem Büffelgehege aufgestellt ist.

Wir passieren die Hängebauchschweine. Wir passieren die Zebras, die Strauße und die Löwen. Wir passieren die Pinguine, die Robben und die Seelöwen. Wir passieren das Panzernashorn, die Elefanten und auch die Giraffen, ohne anzuhalten, ohne sie angemessen zu würdigen. Sie ist wahrlich kein Tierparkfan, sie interessiert sich ausschließlich für Delfine. Die Anwesenheit anderer Tiere scheint sie bloß zu stören. Der ganze Tierpark ist Firlefanz, ein Delfinarium mit Parkplatz hätte es auch getan.

Vor dem Delfinarium setzt sie sich auf eine Bank. *Nächste Vorstellung um 16 Uhr*, steht auf dem Schild. Ich schaue auf die Uhr am Eingang, der große Zeiger ein Krokodil, der kleine ein Affe mit einem langen Schwanz, die sich gegenseitig jagen, das Krokodil hat noch einiges an Weg vor sich, bis es den Affen fressen kann, es ist erst kurz nach drei. Und ich hätte gern bei den Giraffen vorbeigeschaut.

Ich umrunde das Delfinarium, einen schmucklosen, oktaedrischen Klotz mit Flachdach aus den sechziger oder siebziger Jahren. In den Fenstern hängen Plakate, die die Delfine in Aktion zeigen, auf einem Bild balanciert einer lächelnd einen rot-weißen Ball, auf einem anderen springt einer lächelnd durch einen Ring. Warum müssen diese Fische eigentlich immer lächeln? Ich weiß, dass es keine Fische sind, sondern Säuger, aber egal.

Ich denke an die Giraffen und es ist, als wäre ein alter Schulfreund oder eine alte Liebe auf der Straße vorbeigegangen und ich hätte nicht Hallo gesagt, hätte die Straßenseite gewechselt und so getan, als würde ich sie nicht bemerken. Ich verstehe diese Frau nicht. Ich setze mich neben sie auf die Bank und denke an die lang bewimperten Augen der Giraffen. Würde man mich zwingen, ein Tier zu heiraten, wäre meine Braut ohne Frage eine Giraffe. Blöde Fische, denke ich.

Dann muss ich grinsen, weil ich daran denke, wie Susann auf dem Beifahrersitz auf und ab gehüpft ist. Ich hatte meinen Spaß, als ich den Wagen über den Parkplatz rumpeln ließ. Ich habe jedes Schlagloch, jede ausgetrocknete Pfütze auf dem staubigen Parkplatz mitgenommen und bin in die letzte Ecke gefahren, weiter, als ich eigentlich musste. Ich habe Susann zugesehen, wie sie mit ihrer Handtasche auf dem Sitz auf und ab federte, ihre blonden Haare flogen, ich versuchte, es zu verstecken, aber ich musste grinsen, wie diese Komafrau in meinem Wagen hüpfte und mit dem Kopf fast an die Wagendecke stieß.

Ein Elefant wird an uns vorbeigeführt, auf dessen Rücken eine Handvoll Kinder durch den Zoo schaukelt. Er zwinkert mir zu, der Elefant.

Um zehn vor vier steht Susann unvermittelt auf und drängt zum Eingang. Ein kleiner Pulk von Omis, Müttern und Kindern hat sich dort bereits versammelt. Als sich die Pforten öffnen, geht ein Geschrei los. Susann setzt sich in die letzte Reihe nach ganz oben, die meisten Kinder mit ihren Omas und Müttern sitzen in den ersten drei Reihen, wo man die Delfine fast berühren kann, dicht am Becken, wie es sich gehört.

Ich setze mich neben sie und atme Chlor und Delfinpisse ein. Ich frage mich, warum diese Delfinarien immer so überheizt sind, man kann kaum atmen, ich komme mir vor wie im Gewächshaus. Es kann den Delfinen doch auch nicht recht sein, in so schwüler Luft herumzuturnen. Wenn sie es gerne warm haben, reicht es doch, wenn das Wasser beheizt wird und man die Luft in Ruhe lässt.

Dann ist die Winnetou-Melodie zu hören.

Eine Trainerin in einem türkisfarbenen Trainingsanzug betritt die Halle. Sie stellt ihren Eimer ab und ergreift ein Mikrofon, das für sie bereitliegt. Sie führt aus, dass es für die Delfine gar nicht so schlimm und stressig sei, in einem Delfinarium zu leben und zu arbeiten, wie man manchmal zu hören bekäme, im Gegenteil, es fördere ihren natürlichen Spieltrieb, die Becken seien auch schön geräumig, und so bequem wie hier kämen sie in freier Wildbahn nie an ihr Futter, und wie gut es ihnen hier erginge, könnten wir jetzt mit eigenen Augen sehen.

»Und hier sind sie!«, brüllt sie ins übersteuernde Mikrofon, und dann sagt sie die Namen der Delfine auf, die ins Becken schießen und pflichteifrig im Kreis schwimmen. Ein Delfin heißt Mike, einer Andy, einer Britney, einer Klaas und einer Joop, alberne Namen, für Menschen wie für Delfine. Die Kinder klatschen wie verrückt.

»Das mit dem Futter stimmt«, sage ich, »so wie die Meere industriell leer gefischt werden.« Ich muss lächeln. Petra wäre stolz auf mich.

Ich sehe Susann an, aber ich bin Luft für sie, sie hat sich nach vorne gebeugt, ihre Augen leuchten, das kann ich sogar von der Seite sehen, und dieses Leuchten gilt den Delfinen. Ihr Gesicht ist gelöst. Sie sieht glücklich aus, das Leben ist zurückgekehrt, es ist ein Schauspiel. Es hat etwas mit

Anwesenheit zu tun. Ihr vorher ungerichteter Blick hat sein Ziel gefunden, folgt den Delfinen im Kreis, ihren schillernden, grauen Leibern.

Ich schaue aufs Wasser und versuche die einzelnen Exemplare mit den Namen in Verbindung zu bringen, die die Trainerin genannt hat.

Ein Delfin tanzt auf seiner Schwanzflosse den Moonwalk durch das Becken.

Ein Delfin steigt auf zu einem Sprung, er überschlägt sich in der Luft. Während er in der Luft hängt, spiegelt sich das Licht der Scheinwerfer auf seiner Haut, schön, denke ich und merke, dass mein Mund offen steht. Ich bin ewig nicht im Delfinarium gewesen.

Ein Delfin wirft sich auf den Beckenrand, auf eine Matte, die Trainerin hält ihm einen Fisch hin, den er sich aus ihrer Hand holen muss, als wäre er eine Amphibie.

Ein Delfin balanciert einen Ball mit der Schnauze, der Ball hängt an einer Schnur, er versetzt ihm einen Schlag und der Ball verschwindet in einem Basketballkorb.

Die Trainerin steigt eine Leiter hoch, die nur von zwei Stahlseilen gehalten wird, in etlichen Metern Höhe steht sie frei, ein Delfin schnellt zu ihr hoch und holt sich den Fisch aus ihrer Hand, es klatscht gewaltig, als er wieder ins Wasser eintaucht, es spritzt und ich würde gerne in der ersten Reihe sitzen, würde gerne nass werden, das volle Programm.

Die Trainerin steigt aus ihrem Anzug und legt sich im Bikini an den Beckenrand. Sie sieht gut aus, sie hat Muskeln wie eine Bodybuilderin. Ich habe nicht gewusst, dass ich darauf stehe. Es gefällt mir, das merke ich an meiner körperlichen Reaktion, glücklicherweise sieht man mir nichts an. Wieder robbt ein Delfin an Land und kuschelt mit der Trainerin, die Schnauze zwischen ihren zu Muskeln trainierten Brüsten, sie streicht ihm über die Haut, er stupst ihr Kinn mit der Nase an, ich reibe meine Hände mit einem Blick auf meine Hose, peinlich.

Die Trainerin gleitet mit dem Delfin ins Wasser, hält sich an seiner Rückenflosse fest und lässt sich durch das Bassin ziehen.

Unterdessen schieben zwei Männer in weißer Kleidung ein Boot vom Beckenrand ins Wasser. Am vorderen Ende ist ein Tau mit einem Ring befestigt. Ein Delfin steckt seine Nase durch den Ring und zieht das Boot hinter sich her.

Die Trainerin klettert aus dem Becken und fragt durch das Mikrofon, welches Kind Lust habe, sich im Boot durchs Becken ziehen zu lassen. Die Arme der Kinder recken sich in die Höhe, die Kinder schnipsen mit den Fingern, um ihre Chancen zu verbessern, und mich befällt kurz die Vorstellung, Susann würde ebenfalls den Arm heben und schnipsen, aber es bleibt still und bewegungslos neben mir, und ein kleiner, dicker Junge mit einem Topfschnitt steigt schließlich ins Boot und ich bereue, dass ich kein Kind mehr bin und nicht den Mut habe, mich trotzdem zu melden. Ich könnte aufstehen und den Gang hinuntergehen, den Jungen aus dem Boot ins Wasser schubsen und statt seiner Platz nehmen. Ein Raunen ginge durch das Publikum. Die Trainerin würde die Fäuste in die Hüften stemmen, aber bevor sie etwas tun könnte, stieße ich das Boot vom Beckenrand ab. Die Kinder würden mich böse anstarren, neidisch, wieso denn ein Großer, das darf nicht sein, der braucht das nicht, aber es würde mir nichts ausmachen, das Boot läge tief im Wasser, und der Delfin müsste sich anstrengen. Er würde mich aus seinen Äuglein über das Tau hinweg vorwurfsvoll angucken, weil ich den Jungen ins Wasser geworfen hätte. Der Junge krabbelte weinend aus dem Becken, die nasse Kleidung klebte an seinem dicken Körper.

Der Delfin hieße nicht gut, was ich getan hätte, nicht nur, weil es so anstrengender wäre. Es ist eben ein Vergnügen für Kinder, nicht für Erwachsene. Es macht ihm mehr Spaß, ein Kind glücklich zu machen. Ich würde ihm gerne erklären, wie wichtig es ist, mich glücklich zu machen und dass ich es genauso verdiene wie ein Kind, dass ich es wert bin, aber dann wäre es mir auch egal, soll er doch denken, was er will, er soll sich nicht so anstellen, sondern ziehen. Schneller, du Fisch, riefe ich ihm zu und müsste lachen. Und er würde tatsächlich schneller, das Boot nähme Fahrt auf, schneller und die Bugwelle größer, ich bekäme Angst und müsste mich am Rand festhalten, in der Höhe sähe ich Susann sitzen, klein, sie hätte das Gesicht in beide Hände gestützt und beachtete mich gar nicht.

Ich kann die Delfine unmöglich auseinanderhalten, ich kann sie nicht den Namen zuordnen, die die Trainerin zu den Kunststücken ansagt. Für mich sehen sie alle gleich aus.

Die Kinder klatschen.

Susann wendet mir den Kopf zu, sieht mir glücklich und gelöst in die Augen, sieht mich direkt und wirklich an, sie sagt: »Schön.«

Dann wendet sie sich wieder den Delfinen zu.

Ich sehe sie an und frage mich, ob ich es wirklich gehört habe oder ob ich es habe hören wollen. Habe ich es geträumt oder erfunden? Es klingt in mir nach, aber ich bin mir nicht sicher.

Es ist sehr still um mich herum.

Sie bleibt sitzen, auch als die letzten Kinder das Delfinarium verlassen haben. Sie betrachtet versunken das Wasser, dessen Oberfläche sich nach und nach zurück in einen ruhigen Spiegel verwandelt. Das Delfinarium ist jetzt leer bis auf einen alten Mann in einem braunen Anzug mit silbernen Haaren, der ebenfalls sitzen geblieben ist, der uns im Halbrund gegenübersitzt. Der Alte schaut zu uns herüber. Susann steht auf. Ich blicke zu dem alten Mann hinüber, der ebenfalls Anstalten macht zu gehen.

Sie hat sich zurück in stilles Nichts verwandelt. Sie schleicht mit gesenktem Kopf neben mir die staubigen Tierparkwege entlang, hält die Handtasche am Riemen und lässt sie baumeln. Ich würde ihr gerne die Hand auf den Rücken legen und sie streicheln, es ist ein Impuls meiner linken Hand, aber ich traue mich nicht, wir kennen uns ja kaum. Ich betrachte ihre Wirbelsäule, die sich Wirbel für Wirbel überdeutlich durch die Bluse abzeichnet. Ich lasse sie in ihrer Welt und stehe selbst am Rand, sehe ihr zu und vergesse für eine Weile, dass es auch eine Welt gibt, in der ich zu Hause bin. Ich frage mich, ob es das Glück wert ist, das sie erlebt hat, wenn sie jetzt wieder stumm und traurig ist. Die Sonne steht tiefer am Himmel, ich genieße das milde Licht. Fern höre ich einen Pfau schreien. Ich frage mich, ob ich es eines Tages verstehen werde.

4. Dissoziative Amnesie

Henry hat die Tür geöffnet und sieht uns forschend an, von Gesicht zu Gesicht.

»Wie war's?«, will er wissen.

»Gut«, sage ich und kann ihm nicht in die Augen blicken.

Susann lässt ihn stehen, hängt ihre Handtasche an einen Kleiderhaken. Mir fällt auf, dass sie die Tasche nicht ein einziges Mal geöffnet hat. Sie steigt langsam die Treppe zu ihrem Zimmer hoch. Beide schauen wir ihr hinterher, Henry und ich.

»Kann ich ein Bier bekommen?«, frage ich. Henry sieht mich erfreut an.

Er öffnet die Ziehharmonikatür für mich und ich setze mich auf meinen Zweisitzer, schaue in den Garten, wo die Vogelskulptur von der Abendsonne effektvoll orange in Szene gesetzt wird. Er muss den Rasen mähen, denke ich, sonst bekommt er Ärger mit den Nachbarn, wie wir. Er betritt das Wohnzimmer mit zwei Bieren in der Hand, diesmal sind es Flaschen, vielleicht zur Feier des Tages, weil ich gefragt habe, Heineken, aber mir ist es eh egal. Bier ist Bier. Er gibt mir meine Flasche und setzt sich in sein abgeschabtes Lederungetüm, das unter ihm nachfedert. Wir stoßen die Flaschenböden aneinander und nehmen einen Schluck.

»Ging es gut?«, fragt er.

»Ja«, sage ich, »alles okay.« Und ich erzähle ihm nicht, dass sie eventuell gesprochen haben könnte, ich bin mir nicht sicher.

»Schön«, sagt Henry, und wir sehen beide auf die Tischplatte hinab, eine Weile.

»Erzähl mir doch bitte noch einmal genau«, sage ich,

»was mit ihr los ist. Ich glaube, ich habe es nicht richtig verstanden.«

Er steht auf, um etwas aus einer Kommodenschublade zu kramen. Er kommt mit einen Notizblockzettel zurück und hält ihn mir hin. Auf dem Zettel steht *Dissoziativer Stupor* und darunter *Dissoziative Amnesie* in einer weiblichen, runden Handschrift mit großen Buchstaben. Henry zeigt auf den zweiten Begriff.

»Das hat die Ärztin aufgeschrieben. Jetzt leidet sie an dem hier. *Dissoziative Amnesie*. Vorher war es *Dissoziativer Stupor. Dissoziativer Stupor* ist in *Dissoziative Amnesie* übergegangen.«

»Aha«, sage ich. »Und was ist der Unterschied?«

»Amnesie ist, wenn man sich an nichts erinnert, und Stupor ist, wenn man sich nicht bewegen kann.«

»Und was bedeutet dissoziativ?«

Henry erzählt, wie Susann im Krankenhaus nur noch apathisch dagelegen habe, sie interessierte sich weder für das Kind noch für ihn, für nichts, was um sie herum vorging. Das Kind war mit Kaiserschnitt geholt worden, während der Geburt hatte sie das Bewusstsein verloren. Sieben Minuten war sie weg gewesen, und als sie wieder erwachte, war alles anders. Sie guckte irgendwie ins Nichts, ihre Hände blieben verkrampft, sie sprach nicht mehr. Sie bewegte sich nicht, musste gefüttert, musste angezogen werden. Für ihn, für Henry, den Laien, hatte es ausgesehen, als befände sie sich nach wie vor im Koma.

»Nein«, hatte die Ärztin gesagt. »Schauen Sie doch mal genau.«

Henry hatte die ganze Zeit schon genau hingeschaut, wie ein Uhrmacher mit einer Lupe.

»Die Pupillen bewegen sich«, sagte die Ärztin. »Es sind Bewegungen, die äußeren Reizen folgen, willentliche Bewegungen, sehen Sie?«

Sie hatte Susann mit ihrer kleinen Stablampe in die Augen geleuchtet. Die Pupillen hatten sich zusammengezogen, Susann hatte weggeguckt.

»Sie können an den Pupillenbewegungen erkennen, dass sie weder bewusstlos ist noch sich in einem Wachkoma befindet, dass sie jetzt in einem wachbewussten Zustand ist. Wir sprechen von Dissoziativem Stupor.«

»Aha«, hatte Henry gesagt und Susanns Pupillen beobachtet, die unter den halb geöffneten Lidern von einer Geräuschquelle zur nächsten wanderten oder sich gen Fenster wandten.

»Und was bedeutet das?«

»Manchmal verharren Patienten nach einem traumatischen Erlebnis physischer oder psychischer Art in einer Art Schockzustand, sie sind wie gelähmt, sie bewegen sich nicht, sie reden nicht, es ist, als wären sie gar nicht da, als befänden sie sich tatsächlich im Koma, unbewusst stellen sie sich tot.«

»Ah«, hatte Henry gesagt. Die Geburt seines Sohnes, ein traumatisches Ereignis. »Und wie lange hält das an«, wollte er wissen, »wird sie wieder normal?«

»Erfahrungsgemäß ja«, sagte die Ärztin, »aber sie braucht Zeit.«

»Aber sie bewegt sich doch, kleidet sich selbst an und so«, sage ich und denke, Trauma, Koma, was sind das überhaupt für Begriffe? Kann man schon von einem Koma sprechen, wenn jemand nur sieben Minuten weggewesen ist? Das kommt mir alles etwas übertrieben vor. Ich schaue mir Henrys Pupillen an, die starr auf einem Punkt verharren.

»Ja, jetzt. Jetzt leidet sie ja auch an Dissoziativer Amnesie. Weißt du, was das bedeutet? Sie erinnert sich an nichts. Vielleicht fragt sie sich die ganze Zeit, was sie hier soll, in dieser Umgebung. Sie weiß wahrscheinlich weder, wer sie ist noch, wer ich bin.«

»Unangenehm«, sage ich, weil sich meine Rückenhaut zusammenzieht. Ich stelle es mir unangenehm für beide vor. Für ihn, weil seine Frau, die ihm völlig vertraut war, sich innerlich in eine Fremde verwandelt hat, und für sie, weil es ein Albtraum sein muss, wenn man nicht weiß, was die fremden Menschen von einem wollen.

»Brrr«, mache ich.

»Ja«, sagt Henry. Er sieht mir in die Augen, dann machen sich seine Pupillen selbstständig, wandern dissoziativ von der Gardine über die Tapete.

»Was ist mit dem Kind?«, frage ich. »Erkennt sie das auch nicht?«

»Nichts«, sagt Henry. »Sie reagiert gar nicht. Anfangs habe ich ihn ihr auf den Arm gegeben. Aber sie war bloß immer ganz steif. Und er fing an zu weinen, irgendwann schrie er immer richtig. Da habe ich es gelassen.«

Ich sehe ihn mir an, wie er vor mir sitzt, kleine, ehrliche Augen.

»Ich weiß nicht«, sagt er. »Die ganzen medizinischen Erklärungen und so. Irgendwie bedeutet es auch nichts.«

»Wie?«, frage ich.

»Ich weiß nicht, ich habe das Gefühl, dass es noch etwas anderes ist.«

»Aha?«, frage ich.

»Ja, das musst du herausfinden für mich. Du musst die Augen offen halten.«

»Klar«, sage ich, aber ich weiß nicht genau, was er meint.

»Was ist mit der Kleidung?«, frage ich. »Warum trägt sie diese Kleidung?«

»Ich dachte, es bringt sie irgendwie zurück, die Erinnerung und alles. Vor dem Unfall ist sie Stewardess gewesen. Eigentlich hatte sie Pilotin werden wollen, als Kind schon. Sie hatte Pilotin werden wollen und nicht Stewardess. Außerdem sehe ich das gerne an ihr.«

Henry lächelt.

»Und wie war sie vorher, vor dem Koma?«

Er guckt sein Bier an, pult am Etikett herum.

»Sie war vollkommen ...«

Er lässt den Kopf hängen und seufzt.

»Tja«, sagt er und schaut länger in seine Bierflasche hinein. Bierflaschensatzlesen. Dann trinkt er sie in einem Zug leer. Er sieht mir ins Gesicht. »Willst du auch noch ein Bier?«

Ich nicke ihm zu, mehr aus Neugierde, denn aus Höflichkeit, zwei Biere werden ja wohl auch noch gehen.

Ich schaue Henry nach, der in die Küche geht, seiner schwarzen, aufgekrempelten Jeans, seinem grauen Sweatshirt, seinen Tennissocken. Und ich befürchte, dass ich ihm nicht alles erzählen werde, jetzt nicht und später ebenfalls nicht. Das mit dem Sprechen, auch wenn es ein wichtiger Fortschritt gewesen sein kann. Vertrauen hin oder her. Geheimnis oder nicht, medizinische Begriffe. Ohne genau zu wissen warum, glaube ich, dass es gut ist, wenn Susann und ich ein Geheimnis haben. Ich ahne, dass so etwas schnell in die Hose gehen kann, aus einem kleinen Geheimnis wird schnell ein großes und so weiter. Aber es ist mir egal. Irgendwie meine ich so eine Ahnung zu haben, ein Gefühl im Bauch oder etwas tiefer, dass es richtig ist, richtig für Susann. Und richtig für mich. Ich lege mein Gesicht in die Hände. Ich beeile mich, das erste Bier auszutrinken. Das Licht im Garten ist sehr intensiv und ich fühle mich Henry nahe, der mit seinen Brillengläsern den Abendhimmel reflektiert hat. Hübsch hat das ausgesehen, aber ich habe seine Augen nicht erkennen können. Er stellt ein neues Bier vor mich hin.

»Was willst du eigentlich mal machen?«

Henry schaut mich neugierig an.

Die Bierflasche, die sich auf dem Weg zu meinem Mund befand, verharrt auf halber Strecke.

»Wie? Wie jetzt?«

»Ich meine, beruflich? Warum kannst du es dir leisten, so großzügig mit deiner Zeit umzugehen?«

Was will er denn, was soll das denn jetzt bitte? Ich stelle hier die Fragen, habe ich gedacht.

»Wie meinst du das?«, frage ich.

»Na ja, du kannst hierherkommen, um mit Susann in den Zoo zu gehen. Das ist doch Luxus. Du sitzt nicht im Büro oder im Taxi oder was weiß ich. Du studierst nicht und machst keine Ausbildung. Du arbeitest nicht. Oder hast du sonst noch einen Job?«

»Moment«, sage ich. »Ich habe vor noch gar nicht allzu langer Zeit meinen Schulabschluss gemacht.«

»Das ist doch auch schon eine Weile her, oder?«, sagt Henry.

»Na ja«, sage ich, »und danach habe ich lange gejobbt. Ich brauche eben Zeit, um sorgfältig zu überlegen, was ich mit meinem Leben wirklich anfangen will.«

»Als ich in deinem Alter war, habe ich bereits ewig lange richtig gearbeitet!«

»Ja, du«, sage ich und mir fällt auf, dass es abschätzig klingt. Bei ihm ist das ja wohl eine ganz andere Sache. Ich erzähle ihm lieber nicht, dass ich das ganze Prinzip Arbeit ablehne. Warum soll man etwas tun, wozu man keine Lust hat, nur um nichts weiter als am Leben zu bleiben? Ich finde alles extrem sinnlos. Wozu sich abstrampeln? Mich hat keiner gefragt. Man hat mir keine Wahl gelassen, ob ich überhaupt auf die Welt kommen wollte oder nicht. Jetzt bin ich da, jetzt muss ich leben, aber keiner fühlt sich dafür verantwortlich. Nichts macht mir

Spaß, mit dem man annähernd einen Lebensunterhalt verdienen kann. Spazieren gehen? Menschen beobachten? Ich habe genug damit zu tun, überhaupt da zu sein und ein Auge auf meinen Vater zu haben. Berufe scheinen mir austauschbar, einer so blöd wie der andere. Und keiner erstrebenswert. Das kommt mir bloß schon wieder vor wie Kindergartenfasching, wo man sich überlegen muss, ob man als Cowboy, Polizist oder Klempner gehen will. Und ich bin zu solchen Gelegenheiten immer als Clown oder Marienkäfer gegangen, nichts, woraus man einen anständigen Beruf machen kann. Ich habe keinen Nerv für solche Spiele.

Rente kann ich mir schon wieder vorstellen: Mit einer Strickjacke bekleidet im Sessel sitzen, ab und zu aufstehen und am Fenster, den Blättern beim Fallen zuschauen, kleine Spaziergänge durch die Nachbarschaft, Vogelgift auslegen.

Ich habe allerdings den Eindruck, dass ich Henry das schlecht auseinandersetzen kann, dass es ihn überfordern würde oder dass es abgehoben klingt. Also gehe ich zum Gegenangriff über.

»Und du, wovon lebst du eigentlich?«

Denn ihn habe ich auch bloß immer im Sessel mit der Bierdose angetroffen.

»Ich bin Koch«, sagt er. »Ich habe Koch gelernt. Meister. Ich hatte sogar ein eigenes Restaurant drüben in Övelgönne.«

»Oh«, sage ich anerkennend. »Und jetzt?«

»Jetzt arbeite ich in der Kantine bei Airbus. Na ja. Immerhin. Es hat schon etwas mit Verantwortung zu tun. Aber momentan bin ich beurlaubt wegen der Geschichte.«

Er schaut in den Garten und ich beschließe, dass die Runde an mich geht, denn schließlich bin ich jung, ich habe noch alle Möglichkeiten. Und er sieht momentan wirklich nicht aus wie ein rundum zufriedener Mann.

»Spannend«, sage ich, »Airbus.«

»Ja«, sagt er, »irgendwie schon.«

Als ich nach Hause komme, finde ich meinen Vater im Sessel, den Kopf auf die Brust gesunken. Er weint, das kann ich von der Wohnzimmertür aus erkennen. Ich knie mich vor ihn hin und frage: »Was ist los, Papa?«

Er schaut mich aus verkniffenen Augen an. Er sieht hässlich aus, wie eine Muräne mit Lichtallergie. Er sagt leise: »Die Küche.« Ich seufze und gehe in die Küche, um nachzuschauen. Die Küche ist ohnehin mein Revier, in dem er nichts zu suchen hat. Morgens schenkt er sich ein Glas Wasser ein, manchmal trägt er etwas Geschirr aus dem Esszimmer zur Spüle. Mein Vater, das Leben hat ihn mit wundervollen Gaben gesegnet, Geschicklichkeit in praktischen Dingen gehört nicht dazu. Gegen ihn komme ich mir vor wie der König der Handwerker. Die Wirklichkeit, die materielle Seite der Dinge, hat ihm den Krieg erklärt, ich weiß nicht, was er ihr getan hat.

Die Tür des Hängeschranks liegt auf den Fliesen. Der Hängeschrank steht türlos offen und gibt den Blick auf Gläser und Becher frei. Ich hole mir einen Schraubenzieher aus dem Werkzeugkasten in der Abseite.

»Papa?«, frage ich. Er hat aufgehört zu weinen.

»Ich wollte mir nur ein Glas nehmen. Dann hatte ich plötzlich die ganze Tür in der Hand. Ich hatte nur ein Glas nehmen wollen, ich habe es gar nicht grob angefasst, wirklich. Dann habe ich versucht, die Tür zu reparieren, aber ich habe es nicht verstanden. Es ging nicht. Ich habe den Mechanismus nicht verstanden. Ich wollte damit fertig sein, bevor du zu Hause wärst.«

Er fängt wieder an zu weinen, ganz leise, man hört nichts,

nur sein Kopf zuckt, und ich streiche ihm über die spärlichen Haare. Ich liebe ihn sehr in diesem Moment.

»Ich bin zu nichts zu gebrauchen«, sagt er, und dann schluchzt er richtig los. »Ich kann nichts, nichts, ich bin bloß eine Belastung, ich bin gar kein richtiger Vater.«

»Schhh«, mache ich und streichle ihn leise. »Es ist nicht schlimm«, sage ich, »die Tür ist schon wieder so gut wie drinnen.« Aber das lässt ihn nur noch mehr weinen. Ich sitze da und schaue ihm zu, wie er weint. Er ist so sehr mit sich beschäftigt. Nach einer Weile ebbt der Sturm ab, er wird still, sinkt auf den Grund seines inneren Meeres oder was weiß ich. Ich seufze, stehe auf, die Knie knacken. Verspätete Wachstumsschmerzen. Dann gehe ich zurück in die Küche, um den Schrank zu reparieren.

5. Crazy Döner

Direkt vor dem Eingang spricht er mich an, mitten in der Menge, die in die Kirche drängt. »Moment bitte«, sagt er.

Ich kenne ihn, denke ich, den habe ich schon mal irgendwo gesehen, die weißen Haare, der braune Anzug.

»Ja?«, frage ich und blicke in irgendwie unnatürlich blaue Augen.

Er hält mir ein gelbes Stück Karton hin. In diesem Moment fällt es mir ein. Er war im Delfinarium, er blieb bis zum Schluss, bis alle gegangen waren, er saß Susann und mir gegenüber und beobachtete uns.

»Ich will Sie nicht lange aufhalten«, sagt er. »Rufen Sie mich an, besuchen Sie mich. Ich kann mir vorstellen, dass es von Bedeutung für Sie ist.«

Das Stück Karton ist eine Visitenkarte. In geschwungener, grüner Computer-Schreibschrift steht darauf: *Ferdinand Pape, Oberalter vom Alten Land, Museumsleiter, Museum Altes Land, Westerjork* 49, *Jork* usw.

»Rufen Sie mich an«, sagt er, »oder besuchen Sie mich, wenn Sie sich für das Geheimnis interessieren.« Der alte Mann lächelt und seine blauen Augen strahlen.

Komische Formulierung, denke ich.

Ich schaue dem Mann hinterher, dem Oberalten vom Alten Land, der in den Kirchenraum drängt.

Die Kirche ist voll wie zu Weihnachten. Alle sind da, auch Dorfbewohner, die ich noch nie zu Gesicht bekommen habe, denen man ihr Apfeltum aber deutlich ansieht. Dazu Leute aus der Stadt, Sensationsgierige, Journalisten. Es hat sich herumgesprochen, dass der Pastor eine besondere Predigt halten wird. Den Oberalten kann ich nicht mehr entdecken. Die

Stimmung in der Kirche ist gut, die Leute sind ausgelassen. Wenn man mit einem Bauchladen herumginge, Eiskonfekt und Popcorn, würde man sicher kein schlechtes Geschäft machen. Schade, auf solche Ideen komme ich immer zu spät, wir hätten Petras Vater zumindest fragen können. Petra hat mir einen Superplatz freigehalten, dritte Reihe im Parkett oder wie das in der Kirche heißt, links vom Gang, direkt gegenüber der Kanzel.

Dann geht das übliche Brimborium los, Orgel, Lieder, ich bin schon lange nicht mehr in der Kirche gewesen. Petra singt voller Inbrunst mit, sie kennt die ganzen Lieder auswendig, ich bewege nur die Lippen.

Von da, wo wir sitzen, hat man einen tollen Blick auf das Wandbild hinter dem Altar. Die ganze Wand ist bis zur Decke bemalt. Links eine Szene, wie die gottesfürchtigen Menschen aus dem Jammertal Erde von irgendwelchen Engeln emporgetragen werden. In der Mitte der Herrgott mit dem verherrlichten Erlöser. Und rechts das Höllenfeuer. Viel besser als der seichte Rest. Eine lodernde Flammentür wird von einem nackten Dämon aufgestoßen. Dem Betrachter, mir, hat er den Hintern entgegengestreckt, verdammt pralle, fleischige Hinterbacken, ein muskulöser, schimmernder, schwarz-roter Rücken, jeder Muskelstrang einzeln abzulesen. Mit einer Forke schippt er die Sünder ins Feuer. Das hat eine Lebendigkeit, von der die Heiligen auf der anderen Seite nur träumen können. Dieser Faszination muss der Künstler ebenso erlegen sein wie ich. Die Darstellung ist viel kraftvoller, leiblicher, verführerischer als die der himmlischen Heerscharen. Mich wundert, dass die Kirche nicht zum unheiligen Versammlungsort von Teufels- und Götzenanbetern geworden ist. Ich frage mich, ob das Böse immer eine größere Faszination ausübt als das Gute. Das Gute kommt immer so brav und lasch rüber. Ich jedenfalls kann meine Augen nicht von den teuflischen Hinterbacken lösen, auch nicht, als Petras Vater auf die Kanzel getreten ist.

Er sieht beeindruckend aus in seinem Gewand, groß, mit Vollbart. Die Bilder bekomme ich nie richtig zusammen, Petras Vater zu Hause, Petras Vater als Pastor im Ornat.

Er sagt, dass er aus gegebenem Anlass eine Geschichte aus der Bibel vorlesen wird, 1. Buch der Könige, Kapitel 21. Er hat eine volle, tiefe Stimme, die den Kirchenraum ausfüllt. Er guckt in seine Bibel und sagt: »Nabot, ein Jesreeliter, hatte einen Weinberg.«

Nabot besaß einen Weinberg, der genau an den Palast des Königs Ahab grenzte. Ahab, wie der besessene Kapitän in Moby Dick. König Ahab ließ Nabot zu sich kommen und eröffnete ihm, dass er seinen Weinberg in Besitz zu nehmen gedenke, um den eigenen Palast um einen Kohlgarten zu erweitern. Er biete ihm einen besseren Weinberg anderswo oder Silber von entsprechendem Wert als Entschädigung an. Nabot aber war nicht einfach so vom Erbe seiner Väter zu trennen. Er sagte Nein.

Hier macht der Pastor die erste Kunstpause, er blickt über den Rand der Brille und lässt seine Blicke vielsagend über seine Gemeinde, oder was sich dafür hält, schweifen. Die Bezüge dürften klar sein.

Ahab zeigte sich so verärgert über die Weigerung Nabots, dass er in der Folge die Nahrung verweigerte. Seine Frau Isebel, die dies nicht als angemessene Reaktion empfand und die ihn wegen seiner Schwäche seit langem verachtete, beschloss, sich selber um die Sache zu kümmern. Er werde den Weinberg bekommen, versprach sie ihm.

Sie schrieb Briefe in Ahabs Namen an die Ältesten und Oberen. Diese sollten ein Fasten ausrufen, das Volk versammeln und Nabot von zwei ruchlosen Männern denunzieren lassen. So geschah es: Die Ältesten und Oberen riefen ein Fasten aus, das Volk versammelte sich auf dem zentralen Platz, die ruchlosen beiden behaupteten öffentlich in Anwesenheit Nabots, dieser habe mehrfach Gott und den König gelästert. Nabot wurde kurzerhand aus der Stadt geführt und dort gesteinigt.

Ahab nahm wenig später den Weinberg in Besitz.

»Sau!«, hört man es durch die Kirche hallen.

Gott in seiner Allmacht aber offenbarte sich einem Mann namens Elia aus Tisbit. Er trug ihm auf, vor König Ahab zu treten, den er auf Nabots Weinberg finde. Der göttliche Zorn über den Mord und den Raub des Weinbergs war immens.

Elia wanderte zum Weinberg, der ein Kohlgarten geworden war, und wiederholte vor Ahab jene Worte, die ihm die Gottheit in den Mund gelegt hatte:

Du hast dich verkauft, Unrecht zu tun vor dem Herrn. Siehe, ich will Unheil über dich bringen und dich vertilgen samt deinen Nachkommen und will von Ahab ausrotten, was männlich ist, bis auf den letzten Mann!

Isebel werde von Hunden gefressen. Und alle von Ahabs Leuten, die in der Stadt stürben, sollten ebenfalls von Hunden gefressen werden, und jene, die auf dem Feld stürben, von den Vögeln unter dem Himmel.

Es gibt bei diesen Worten einiges Gemurmel in der Kirche.

Elia hatte zu Ende gesprochen. Ahab starrte ihn an, dann riss er sich die Kleidung vom Leib. Er hüllte sich in ein härenes Tuch. Er schlief die folgenden Nächte im Staub. Er sprach und aß nicht mehr. Und abermals ertönte Gottes Wort durch Elia: Weil Ahab sich reuig zeige, werde das Urteil revidiert. Das angekündigte Unheil solle nicht dem König selbst widerfahren, sondern seinen Nachkommen.

Der Pastor nimmt seine Brille ab, hält sie in der linken Hand neben sein Gesicht, lässt sie vor und zurück wippen, mit der anderen greift er sich in den Bart.

»So endet diese Geschichte von göttlicher Gerechtigkeit, so erzählt die Bibel«, sagt er. »Was diese Geschichte uns wohl sagen will? Uns in der Dritten Meile des Alten Landes?«

»Heftig«, zische ich Petra zu.

»Ja, starker Tobak«, sagt sie.

»Dein Vater ist aber krass drauf«.

»Echt«, sagt sie, »*zu seines Sohnes Lebzeiten will ich Unheil über sein Haus bringen.*«

»Krass«, sage ich. »Krasser Gott. Was können denn die Kinder dafür? Armer Bürgermeister«, sage ich, weil ich auf einmal voller Mitleid an Airbus-Manager, den Senat und den Bürgermeister denken muss, die die Obstbauern enteignen wollen. Aber dann fällt mir ein, dass der Bürgermeister schwul ist, insofern dürfte es hier wohl keine Komplikationen mit den Nachkommen geben.

Später betrachte ich Petra von der Seite, ihr bleiches Gesicht, auf dem sich immer mehr rote Flecken bilden, je hitziger die Debatte wird. Wir sitzen im mit Girlanden geschmückten Gemeindesaal. Auf dem Podest hat gerade ein Bauer mit

Cordhut erklärt, dass es ja nicht nur um Geld und um die Landebahn gehe, sondern generell um die Traditionen und das Dorf und um die Vorväter, um Heimat, die man nicht einfach so kaufen oder verkaufen könne. »Genau«, höre ich es halblaut neben mir sagen, und deshalb schaue ich Petra an. Das hier ist toll. Ich habe gar nicht damit gerechnet, ich habe es mir peinlich vorgestellt und öde. Ich habe erst gar nicht mitgewollt, aber nach der Sache in der Kirche habe ich meine Meinung geändert, und ich bereue es nicht. Es besitzt einen ziemlichen Unterhaltungswert. Eigentlich hatte ich nicht mit den Vogelfreien in Verbindung gebracht werden wollen, um meinen Ruf nicht zu ruinieren.

»Welchen Ruf?«, hatte Petra gesagt, und: »Ich will dich da auch gar nicht dabeihaben, da blamierst du mich bloß.«

Das hatte die Wende gebracht.

Sie treffen sich regelmäßig im Gemeindesaal, die tapferen Gallier aus unserem sympathischen Dorf, um Strategien und Pläne zu besprechen. Es schweißt enorm zusammen, stelle ich mir vor, das Imperium Romanum gegen sich zu wissen und ganz Gallien ist unterworfen, nur man selbst leistet noch WIDERSTAND.

Sie hat noch nichts gesagt, sie ist ungewöhnlich still und zurückhaltend, das ist eigentlich gar nicht ihre Art. Ich nehme an, dass es mit ihrem Vater zu tun hat, der groß und beeindruckend im Hintergrund lehnt, die Arme vor der Brust verschränkt. Das hier ist sein Reich, sein Revier. Petra hat mir einmal erzählt, dass sie sich als kleines Mädchen den lieben Gott mit den Gesichtszügen ihres Vaters vorgestellt hat. Gott trug einen orangen Frotteepyjama, wie ihn ihr Vater besaß. Vielleicht hemmt er sie, denke ich, vielleicht darf sie in seinem Reich nicht so, wie sie gerne will. Petra ist sonst mehr der Typ Wortführerin, in der Schule musste man sie regelrecht an die Leine nehmen, damit sie den Lehrern gegenüber nicht unverschämt wurde. Komisch, wenn ich ihren Vater ohne seinen Umhang sehe, kommt er mir auch immer verkleidet vor, als wäre seine Dienstkleidung sein eigentliches Element. Er trägt Jeans und Pullover, und unter dem Pullover ein hellblaues Hemd, aber das ist irgendwie nicht richtig, finde ich. Bei Susann irritiert mich die Stewardessennummer, sie kommt mir verkleidet vor, aber auf die Pastorennummer falle ich jedes Mal gerne rein.

Ich wende den Kopf und sehe eine Frau den Finger heben – ich melde einen Redebeitrag an – die wie eine Vogelscheuche im Maisfeld nach dem Sturm aussieht, dürr und zerzaust.

»Bedenkt mal«, sagt die Frau. »Es ist viel Geld, mehr Geld, als die Grundstücke wert sind. Es geht um eine Gesamtsumme von 20 Millionen Euro, aufgeteilt auf die Grundstücksbesitzer. Das habe ich gehört. Und es gibt ja auch noch mal Geld für das Dorf extra, für uns alle. Denkt doch auch mal an die zusätzlichen drei Millionen allein für das Dorf, und was wir damit machen könnten, das wisst ihr doch selbst. Und die Landebahn ist ja auch gar nicht so arg dicht dran am Dorf, und laut sind die Flugzeuge eh schon.«

Sie macht eine Pause, als müsse sie sich besinnen. Ihr Gesicht nimmt einen vertrockneten Ausdruck an.

»Denkt an das Geld«, schiebt sie noch hinterher, bevor sie sich setzt.

Jetzt endlich ist Petra nicht mehr zu halten, darauf habe ich gewartet. Sie steht auf, geht aber nicht auf das Podium. Petra ist ein Stimmphänomen. Sie ist nicht besonders groß oder so, aber manchmal ist es, als habe sie in ihrer Brust einen eingebauten Verstärker, man kann sie drei Meilen gegen den Wind hören. Auf Kreuzfahrtschiffen vor Somalia könnte man sie als hypermoderne Lärmwaffe zum Schutz vor Piraten einsetzen, so eine Stimme ist das. Es fehlt nur noch, dass sie auf den Stuhl steigt.

»Erstens«, sagt sie und sieht dabei sehr, sehr ernst und eindringlich aus, »ist die Landebahnverlängerung nur der Anfang, das hat sich der Konzern vom Senat schriftlich zusichern lassen. Wenn wir jetzt einen Schritt zurückweichen, können wir denen gleich das ganze Dorf überlassen oder die Häuser selbst abreißen. Die sind sich doch einig. Die Stadt will seit den siebziger Jahren unser Dorf als Industrieerweiterungsfläche, die wollen hier alles, da gibt es kein Halten. Dann geht es uns wie denen in Altenwerder, da steht heute nur noch die Kirche, na, guten Abend. Und Airbus will am liebsten die längste Landebahn der Welt besitzen, komplett mit Eintrag im Guinness-Buch-der-Rekorde, völlig sinnfrei, denen geht es um die Kredite des Landes und der Stadt, unsere Belange sind denen vollkommen egal, unser Dorf soll schöner werden, haha. Zweitens sind die Flugzeuge über dem Dorf nicht nur laut, das wisst ihr selber, sondern sie verpesten die Luft mit Kerosin, das die Ernte massiv schädigt, wie hier einige wissen sollten, die etwas von Obst verstehen, wenn ich mich nicht irre. Außerdem schädigen die Tiefflüge die Bausubstanz zum Beispiel der Kirche, Mann!, die ist denkmalgeschützt, ich kenne mich da zufällig ein bisschen aus.«

Sie und ihr Vater wechseln einen Blick, und die Leute, die ihr wohlgesonnen sind, lächeln.

»Jetzt schon ziehen hier Familien mit kleinen Kindern weg, und bald wird gar keiner mehr hierher ziehen wollen, wenn wir eine verlängerte Startbahn sind und es hier alle zehn Minuten vibriert wie ein Dorf gewordener Dildo.«

Ich schaue Petras Vater an, der aber mustert interessiert die Fingerspitzen seiner linken Hand.

»Drittens geht es ihnen doch genau darum: Sie wollen uns

mürbe machen mit ihrer Geldtaktik, sie wollen unsere Front aufweichen, sie wollen uns gegeneinander aufhetzen, sie wollen Neid und Missgunst säen und Unfrieden ernten. Sie wollen, dass wir uns untereinander streiten und dann keine Kraft zum Kampf gegen sie mehr haben. Und du, Ulrike, solltest das wissen«, Petra fixiert die arme Vogelscheuche mit einem erbarmungslosen Schlange-Kaninchen-Blick, »weil dein Vater Kommunist gewesen ist und seine Erfahrungen mit den Nazis gemacht hat. So, und jetzt sage ich nichts mehr.«

Schweigen breitet sich aus. Man hört Gummisohlen verlegen über das Linoleum quietschen. Ich sehe Petras Vater sanft den Kopf schütteln, aber es ist davon auszugehen, dass er die Meinung seiner Tochter teilt, das weiß jeder.

»Das mit den Nazis hättest du dir vielleicht schenken können«, sage ich, als wir den erleuchteten Weg vom Gemeindehaus hinab zur Straße gehen, vom Lichtkegel einer Laterne in den nächsten.

Vor dem Eingang zum Saal hat ein Fotograf mit verwuschelten Haaren gestanden, eine Kamera vor dem Parka. Er hat uns angegrinst, war aber nicht an unseren Fotos interessiert, wir sind nicht wichtig, wir sind keine Nachricht.

»*Bild*-Zeitung«, hat Petra getippt.

»*Taz*«, sagte ich, obwohl ich wusste, dass sie recht hatte. Langsam entwickelt man ein Gefühl für die verschiedenen Reporter- und Fotografentypen. Allmählich können wir sie ihren Auftraggebern fehlerfrei zuordnen.

»Das wird hier erst noch richtig losgehen«, sagt Petra düster, »die heiße Phase kommt erst noch. Wenn das Gerichtsurteil steht. Wenn die Sache mit den Enteignungen anfängt. Es werden ja jetzt schon einige weinerlich.«

»Klar«, sage ich. Ich kann mir kaum vorstellen, dass ich

gelassen bliebe, wenn mein Foto in der Bildzeitung mit der Unterschrift *Fortschrittsverhinderer* und *Arbeitsplatzdieb* erscheint.

»Aber es geht hier nicht um persönliche Befindlichkeiten«, sagt sie, »hier steht viel mehr auf dem Spiel. Es geht um die Zukunft des Dorfes und der ganzen Region.«

Ich lege ihr die Hand auf die Schulter, ich mag sie. Gerade bin ich mir ziemlich sicher, dass sie einmal Politikerin werden wird und vermutlich eine ziemlich harte. Sie wird nicht Pastorin oder Mutter Mahatma oder Umweltpäpstin oder etwas ähnlich moralisch Einwandfreies, sondern sie wird sich genau in dem Beruf erfolgreich verwirklichen, deren Vertreter sie verachtet, gegen die sie ankämpft.

Ich denke daran, wie sie mich mitten in der Nacht aus dem Bett geklingelt hat, nicht nur mich, sondern auch meinen Vater aus seinem Sessel. Er hatte im Bademantel mit zerzausten Haaren die Tür geöffnet und sie eine halbe Minute wortlos angestarrt, bevor er einordnen konnte, welcher Teil der Welt da etwas von ihm forderte.

»Komm schnell«, sagte sie an meinem Vater vorbei an meine Adresse, »es geht los!«

Ich fragte mich, was losginge, aber dann sah ich, dass sie sich mit einer Harke bewaffnet hatte. Das erübrigte alle weiteren Fragen, fand ich.

»Soll ich einen Hammer mitnehmen oder eine Schere?«, fragte ich, aber sie machte bloß ein genervtes Gesicht.

Gemeinsam waren wir mit unseren Fahrrädern zum Hauptdeich gehetzt. Dort stand schon eine Handvoll Standhafter auf dem Deich, von Flutlicht in grelle Helligkeit getaucht. Auf dem Deich die aufrechten Menschen und unten Bagger und Planierraupen mit laufenden Motoren, ein ungleicher Kampf.

»Der Senat will vollendete Tatsachen schaffen«, brüllte Petra mir zu, »sie wollen den Hauptdeich um hundert Meter zurück Richtung Dorf verlegen. Es ist ungesetzlich, wir haben gerade noch rechtzeitig davon Wind bekommen. Unser Anwalt hat beim Verwaltungsgericht einen Eilbeschluss erwirkt, der das hier verhindern soll!«

Ihr Gesicht leuchtete, die Augen sprühten. Ich wusste, dass es eigentlich nicht so sein sollte. Es war eine schreckliche Situation für das Dorf und so weiter, aber sie wuchs an dieser Sache, Petra war, wenn ich es mir recht besah, eine der wirklichen Nutznießerinnen dieser ganzen bescheuerten Geschichte. Wir standen frierend auf dem Deich. Ich fühlte mich wie beim Osterfeuer, wo man die bösen Wintergeister austreibt, und ich wusste neben mir eine Person, die es ihr Leben lang mit jedem Goliath aufnehmen würde, bis sie selbst einer geworden war.

»Also, was ist?«, frage ich, als wir auf der Dorfstraße stehen, »wollen wir noch irgendwohin, wollen wir noch was trinken?« Was eigentlich eine bescheuerte Frage ist. Im Dorf gibt es nur eine Pinte, aber da setzen wir uns tatsächlich manchmal hinein. Allerdings will man das auch nicht jeden Abend machen.

Sie bleibt stehen und sieht mich an. »Nö«, sagt sie. Sie sieht links und rechts die Straße hinunter. »Kann ich mit zu dir kommen?«

Ich tue, als müsste ich überlegen. Wir lächeln uns an.

Mein Vater sitzt im Sessel mit dem Rücken zur Tür, die Stehlampe legt ein Ei aus Licht um ihn herum, irgendeine Verdi-Oper läuft, Rigoletto oder eine ähnliche Werbemelodie, aber ich weiß sicher, dass er eingeschlafen ist. Das sehe ich an der Kopfhaltung. Wir brauchen also nicht zu schleichen.

Oben in meinem Zimmer schäle ich Petra aus ihrer Kleidung. Sie versucht, mich ebenfalls von meiner Kleidung zu befreien, aber ich bleibe wie ich bin und betrachte sie im Licht, das trübe vor sich hin flackert. Ich habe eine Kerze angezündet, das mache ich sonst nie.

Petras Körper ist eigentlich schön, sie ist schlank und sportlich, meine ich, sie hat feste Brüste, die weder zu groß noch zu klein sind, an ihrem Körper ist eigentlich nichts auszusetzen. Und trotzdem löst er in mir wenig aus. Petra löst in mir etwas aus, Gedanken, Gefühle und so weiter, aber nicht ihr Körper. Ich sehe ihn an, wie man vor einem Bild im Museum steht, und er gefällt mir, aber es ist nicht so, dass mich sofort die Leidenschaft übermannt, dass alles von alleine geht und steht, sobald sie ihr Trägerhemd über den Kopf streift. Petra hat schmale Hüften und schmale Schultern. Sie hat sehr kleine Füße, Füße, auf die am besten das Adjektiv akkurat passt. Sie hat akkurate, appetitliche, hübsche Füße.

Wir schlafen miteinander. Es ist angenehm und schön, ich weiß mittlerweile, was ich zu tun habe, damit sie Geräusche macht und damit ich komme. Geräusche machen gehört zu gutem Sex, habe ich gelernt. Je mehr und je lauter die Geräusche, umso besser der Sex.

Dann liegen wir da, sie in meinem Arm, und ich denke, dass der Sex mit ihr okay ist. Nicht, dass ich wirklich einen Vergleich habe und sagen könnte, ich wüsste, wovon ich spreche. Okay und ein bisschen langweilig. Wir liegen in den Laken und schwitzen, sie spielt mit meinen Haaren, es ist schön, von ihr gestreichelt zu werden, aber ich weiß, dass es mir irgendwann nicht mehr reichen wird. Dass ich mich wieder werde verlieben wollen, wie ich in der vierten Klasse verliebt gewesen bin, als ich jeden Nachmittag verzweifelt in der Hecke vor dem Haus von Tanja Gernhardt zugebracht habe, in der Hoffnung, meine absolute Hingabe werde ihr störrisches Herz doch noch erweichen. Wenn ich mich eines Tages erneut so verliebe, wird es bitter sein für Petra und mich.

Und außerdem schäme ich mich, dass mir die Bilder einer anderen Frau zwischen die von Petra gerutscht sind, einer wesentlich älteren Frau mit blonden Haaren, eben gerade.

Sie wickelt eine Strähne meines Haares um ihren Finger und zieht daran.

Sie sagt: »Ich bin neulich in der Stadt an einem Friseurladen vorbeigekommen, der *Komm-hair* hieß. Das ist das Bescheuertste, was ich in der Richtung je gesehen habe.«

»Häh«, mache ich. Den Sprung habe ich nicht mitbekommen. »Was hast du?«

»Friseurladen. Gesehen. *Komm-hair*, hair, englisch für Haar, schon mal gehört?«

»Und *Com* so internetmäßig oder wie?«

»Nee, bist du blöd? Na, komm wie ›Komm her!‹, als Aufforderung, verstehst du?«

»Oh nee, ist das doof«, sage ich, aber dann muss ich doch kichern.

»Kamm in«, sage ich.

»Open Hair«, sagt Petra.

Wir kichern eine Weile vor uns hin.

»In St. Pauli gibt es einen Döner-Laden, der *Crazy Döner* heißt«, sagt sie.

»Na und?«, frage ich.

»Ich finde das witzig, ich finde das sogar hochgradig originell. Crazy Döner, findest du das nicht witzig? Als wäre das die heißeste, angesagteste Dönerdisco.«

»Geht so«, sage ich.

Wir schweigen, ich streichle über ihr Haar. Es fühlt sich ganz glatt und geschmeidig an, wie aus einem außerirdischen

Superkunststoff gefertigt.

»Willst du hier übernachten, heute?«, frage ich.

»Mal sehen«, sagt sie und kuschelt sich in meinen Arm. Ich halte sie und lächle ins Zimmer. Ich fühle mich geborgen und komme mir gleichzeitig wie ein Beschützer vor, groß und stark und väterlich und erwachsen. Selbstzufrieden lächle ich vor mich hin, aber dann fällt mir auf, dass irgendetwas an dieser Geste, an meiner Haltung nicht stimmt, dass sie verlogen ist, und das Lächeln vergeht mir.

6. Zwei Frauen

Das nächste Mal bin ich befangen. Ich sitze neben Susann im Auto und wage nicht, auf ihren Rock zu sehen, wie der Stoff auf ihren Schenkeln zu liegen kommt, oder wie ihre Füße in den Sandalen stecken.

Ich schaue zu ihr hinüber und sehe nichts als ihren Mund, übergroß. Nicht das blasse Gesicht drumherum, nicht die Scheibe des Wagens, an der Regentropfen herunterperlen, nicht die Fassaden der Straße, durch die wir fahren, roter Backstein in Reihe, einzig ihren Mund. Ich mache eine Makroaufnahme, eine Vergrößerung, blassrote Lippen, schmal eigentlich, aber der Rand der Oberlippe aufgeworfen, wie mit einer Naht zur Haut darüber abgeschlossen. Ich schaue die blonden Härchen darüber an, einen kleinen Schnurrbart, über den ich gerne mit dem Finger streichen würde. Ich betrachte die Fahrbahn, den dunklen Asphalt, dann wieder ihren Mund, ihre Lippen, die keinen Ton preisgeben.

Wir sehen uns die Show an. Wieder ist sie beseelt und scheint davonzuschweben, vom Sitz neben mir hinein in ein wirkliches Leben. Mit dem Ende der Vorführung erfolgt die Landung, und ich finde eine Stumme neben mir, der die Enttäuschung anzumerken ist, dass dies jetzt die wirkliche Welt ist, Zuschauerränge, Wärter in grüner Uniform, Omas mit Enkeln, ein gerade erst ausgewachsener Betreuer, und nicht mehr der Zauber von eben.

Wir gehen Richtung Ausgang, Richtung Parkplatz, jeder hängt seinen Gedanken nach, jedenfalls nehme ich das an, ich zumindest tue das. Ich denke an das eine Mal, als ich mich in der sechsten Klasse zum zweiten Mal richtig schlimm verliebt habe, in ein Mädchen namens Doreen. Damals lebten wir in einer anderen Stadt, und wir sind fortgezogen, ohne dass ich ihr jemals gesagt oder gezeigt habe, wie sehr ich in sie verliebt gewesen bin, zwei Jahre lang. Und weitere zwei Jahre hat es in meiner Brust wehgetan, wenn ich an sie dachte. Ich denke daran und werde immer noch traurig. Doreen. Ich frage mich, ob das so bei mir gehört, ob das schon so etwas wie ein Muster ist, wenn das Gefühl von Liebe, von Verliebtheit, immer mit Unglücklichsein verbunden ist.

Man muss nicht besonders originell sein, um auf die Idee zu kommen, dass es mit meiner Mutter zu tun hat. Ein ekliger Psychoanalytiker mit Vollbart würde das vermutlich feststellen.

Ich habe nicht viel, was mich an meine Mutter erinnert. Vor allem habe ich ein Foto, das ich in meiner Nachttischschublade aufbewahre. Es gibt natürlich noch mehr Fotos, mein Vater hat ein Album voller Bilder, auf denen man uns zu dritt sieht, früher, in den glücklichen Jahren. Reisen im VW-Käfer mit dem dicken Kontrabasskasten auf dem Dachgepäckträger, meine lachenden Eltern, ich auf dem Arm, von was weiß ich wem aufgenommen. Aber es ist dieses eine Foto, das ich besonders mag. Dieses Foto stellt für mich meine Mutter dar. Es ist meine Mutter, so wie ich sie kenne, wie sie mich durch die spätere Kindheit begleitete. Auf dem Foto trägt meine Mutter ein Sommerkleid und eine Strickjacke um die Schultern, sie ist noch jung, so alt wie ich jetzt vielleicht, das kann man nicht genau erkennen. Sie liegt auf einer Wiese. Neben ihr steht ein Picknickkorb auf einer karierten Decke – das Foto ist schwarzweiß – im Hintergrund sieht man einen Bach, die Böschung des Baches, und in der Ferne einige flache Fabrikgebäude. Ich weiß nicht, wer das Foto aufgenommen hat, ich habe meinen Vater nie gefragt. Sie ist sehr hübsch, ihr Gesicht ist klar und rund und sehr weiß, die Haare schwarz, und sie schaut nach oben und es ist jedem Betrachter klar, dass sie glücklich ist und den Wolken nachschaut, die durch einen blauen Himmel treiben. Sie erlebt ihren perfekten Tag, das sieht man, oder zumindest einen perfekten Moment, und dieser ist auf ewig festgehalten auf dem Foto in meiner Nachttischschublade, das ich manchmal abends heraus hole.

Erst lange nach der auf dem Foto festgehaltenen Zeit hat sie meinen Vater kennengelernt. Er hatte gerade bei einem Orchester angefangen, und ich glaube, dass ihr der Kontrast gefiel, ein kleiner, seriöser Musiker, der sich sein Leben am Kontrabass erzupfte und erstrich, der Mozart und Haydn spielte, eine ganz und gar andere Welt, auch mit Musik, aber nicht wie die Typen, mit denen sie herumhing, nachdem sie ihr Studium abgebrochen hatte. Ein Mann, der ihr ein ruhiges und sicheres Leben versprach. Nur dass ihr dieses Leben nach einer Weile langweilig wurde.

Ich muss aufs Klo. Keine Ahnung, wo sich die Toiletten befinden. Der Tierpark ist fast menschenleer, auf der Wiese sitzen zwei Pampashasen. Ich frage mich, ob es eine Verletzung der Aufsichtspflicht darstellt, wenn ich sie alleine lasse. Was soll ich tun, wenn ich mit leerer Blase zurückkehre und sie ist nicht mehr da?

Ich setze Susann auf eine Bank und schaue mich um.

»Ich bin gleich zurück«, sage ich, »ich bin sofort wieder da.«

Sie sieht an mir vorbei ins Gebüsch.

Ich gehe auf die Pampashasen zu, über die Wiese. Dahinter befindet sich die Backsteinwand eines Gebäudes mit ein paar Büschen davor. Die Pampashasen hoppeln schwerfällig davon. Beim Pinkeln schaue ich über meine Schulter. Ich sehe Susann auf der Bank sitzen. Sie regt sich nicht. Als ich das nächste Mal schaue, steht ein Mann vor ihr. Der Mann ist groß, er ist in ihrem Alter, so um die 30. Er hat braune Haare und trägt eine Lederjacke. Er steht vor ihr und spricht auf sie ein. Susann sieht ihm ins Gesicht und scheint zuzuhören. Der Strahl meines Urins will nicht abreißen, endlos fließt es aus mir heraus. Ich habe keine Ahnung, was dort drüben vor sich geht. Der Mann steht und spricht, dann fasst er Susann am Ellenbogen und zieht an ihr. Er will, dass sie aufsteht. Sie bleibt sitzen. Er beugt sich vor und macht wiederholt eine Geste seitlich an ihrem Kopf. Er reibt seine Fingerspitzen, so sieht es über die Schulter gesehen aus. Er richtet sich auf und spricht heftig mit dem Kopf wippend auf sie ein. Sie schaut zu ihm hoch. Ich bin jetzt fertig mit Pinkeln. Ich versuche zu rennen, schlitze mir im Laufen den Hosenstall zu. Der Mann fasst Susann mit beiden Händen am Oberam. Ich laufe mit großen Schritten, aber ich nähere mich kaum, wie in diesem bekloppten Traum, in dem man gegen einen unsichtbaren, zähen Widerstand ankämpft. Ich sehe den Mann reden und hantieren, und ich kann nicht verhindern, was dort vor sich geht. »He«, rufe ich, aber beide ignorieren mich. Als ich nur noch Meter entfernt bin, wendet der Mann mir den Kopf zu, er hat graue Augen, er lächelt mich offen und vertrauensselig an. Da steht kurz die Zeit still. Dann wendet er sich ab und geht weg. Ich stehe atemlos vor der Bank und sehe Susann an. Susann blickt erstaunt zu mir hoch, als hätte ich sie geweckt, als würde sie mich gleich fragen: Wie spät ist es?

Ich schaue mich um. Ich habe keine Ahnung, wohin der Mann verschwunden ist. Ich sehe die niedrigen Buchsbaumhecken, die Birken, die Wiese, Pampashasen und etwas weiter die rote, japanische Brücke über dem Teich. Er ist weg, keine Spur von ihm.

»Was war das?«, frage ich, als wir im Auto sitzen. Ich habe es schon ein paar mal gefragt. Ich habe das Lenkrad mit beiden Händen umfasst, starre vor mich hin.

Susann schluckt und ich sehe sie an, und alles, was um sie herum ist, gerät unscharf, lässt sich nicht festhalten, nur sie ist real. Die Wirklichkeit ist zusammengeschrumpft, sie bildet eine Glocke um das Auto herum, weil sie ihre Hand auf meine legt. Sie greift nach meiner Hand auf dem Lenkrad, die schon nach dem Zündschlüssel fassen will, und lässt ihre auf meiner liegen. Ihre Hand fühlt sich warm an. Ich sehe sie an, verliere mich im Anblick, ich würde sie gern drücken und tue es nicht, ich atme flach, weil ich Angst habe, ich könnte etwas vertreiben, wenn ich mich zu laut, zu aufdringlich verhalte.

Mir bricht der Schweiß aus.

Während der Fahrt sehe ich immer wieder zu Susann hinüber, aber sie starrt geradeaus durch die Windschutzscheibe. Ich habe das Gefühl, ich müsste noch einmal von vorne anfangen.

Ich schalte das Abblendlicht ein, weil wir in den Tunnel hineinfahren, der uns auf die andere Seite des Flusses bringt. Als Kind hat mich die Vorstellung immer fasziniert, unter dem Fluss hindurchzufahren, über mir Tausende Kubikmeter Wasser, in denen sich lebendige Fische tummeln, gerade jetzt. Über unseren Köpfen treiben Containerschiffe. Als wir die tiefste Stelle des Tunnels unterhalb des Flusses passieren, die mit orangen Pfeilen gekennzeichnet ist, holt Susann geräuschvoll Luft, beinahe ein Seufzen.

Ich parke den Wagen in einer Seitenstraße. Es kommt mir verkehrt vor, gleich bis vors Haus zu fahren und dann im Auto zu sitzen. Henry wird durchs Küchenfenster gucken und sich wundern, was ich mit seiner stummen Frau in seinem Wagen zu besprechen habe.

Ich schaue in ihre türkisen Augen und spiegele mich in der Pupille. Sie betrachtet mich lange, sie betrachtet mich unglaublich aufmerksam, scheint jeden Zentimeter meines

Gesichts zu scannen, verweilt bei meinen Augenbrauen, bei meinem Jochbein, den Wangenknochen, schwenkt zur Stirn hoch, schaut sich meine Haare an, was mir immer unangenehm ist, wenn jemand zu lange auf meine Haare schaut. Haare lassen sich so schlecht kontrollieren. Der Blick rutscht zu meinem Mund hinab, modelliert meine Lippen nach, ruht sich auf meinem Kinn aus. Sie scheint zu keinem Entschluss zu kommen.

Sie schaut mich von unten nach oben an, die Augen weit geöffnet.

»Ich würde das alles gerne verstehen«, sage ich.

Ich wünsche mir, sie würde endlich sprechen. Jetzt, für mich. Sie blickt in ihre gefalteten Hände hinein.

»Aber ich weiß nichts«, sage ich.

Sie sitzt in sich zusammengesunken. Ihr Rücken ist rund wie eine Hängebrücke. Sie kurbelt ihr Fenster halb herunter, wedelt sich Luft zu.

Eine dicke Frau geht vorbei und schaut interessiert in unsere Gesichter. Ich schnalle meinen Gurt ab. Susann schüttelt den Kopf.

»Was?«, frage ich.

Beim Aussteigen sehe ich, dass ein Stück Papier unter den Scheibenwischer geklemmt ist. Auch das noch. Wieder ein Zettel. Auf dem Zettel steht: *Sie ist nicht, was sie scheint.*

Warum kommunizieren alle Menschen über Papierschnipsel mit mir?

Ich kann die Handschrift nicht einordnen. Der alte Mann von neulich. Der Mann von eben, der an Susann herumgefummelt hat. Irgendjemand spielt Schnitzeljagd mit mir.

Henry öffnet die Tür, er sieht uns zögernd an. Ich übergebe ihm seine Frau und frage mich, wo er eigentlich die ganze Zeit das

Kind versteckt hält. Ich kenne nur die Fotos aus dem Wohnzimmer, das leibhaftige Kind habe ich nie zu Gesicht bekommen. Ich weiß nicht, wie er es macht, wer sich darum kümmert.

»Willst du ein Bier?«, fragt Henry.

»Nein«, sage ich, »heute nicht, ich muss noch etwas erledigen.« Was eine Lüge ist.

Denn ich fühle mich nutzlos, als ich auf dem Fahrrad sitze. Niemand will etwas von mir. Ich bin dem Leben scheißegal, so sieht es aus.

So sieht er aus, ein durchschnittlicher, nutzloser Tag aus dem Leben eines Taugenichts: Weil der Tag mich nicht auslastet, schlafe ich erst tief in der Nacht ein. Ich wache irgendwann vormittags auf, zwischen zehn und zwölf. Ich gehe hinunter in die Küche, um mir Kaffee zu kochen. Mein Vater sitzt im Wohnzimmer im Sessel und blickt aus dem Fenster. Oder er blickt auf den Teppichboden hinab. Oder seine Hände an. »Hallo«, sage ich, stecke den Kopf durch den Türrahmen. Dann geht es zurück in die Küche, wo ich uns beiden so etwas wie ein Frühstück bereite. Anschließend gehe ich wieder hinauf in mein Zimmer, wo ich etwas lese oder Musik höre. Oft aber langweile ich mich bereits so sehr, dass ich nicht einmal mehr dazu Lust habe, der Überdruß ist schon zu groß geworden. Oder ich gehe spazieren, endlos am Deich entlang, das ist noch das Beste. Ich sehe den Möwen zu, betrachte die Segler, die sich auf dem Fluss abmühen. Sehe graue Wolken auf die Stadt zutreiben. Ich habe keine Ahnung, wie das jemals enden, wie ich jemals aus dieser Art von Labyrinth hinausfinden soll. Ich habe mich verlaufen und nicht daran gedacht, den Weg mit Brotkrumen zu markieren.

Früher hatte ich immer Geschichte studieren wollen. Stattdessen habe ich nach dem Abitur erst einmal ewig lange in einer Brotfabrik gejobbt. Jeden Tag fuhr ich mit dem Bus zur Fabrik und packte von Maschinen gebackenes Brot auf Paletten für die Auslieferung. Ich hätte das ewig tun können. Und deshalb kündigte ich irgendwann. Weil ich wusste, dass ich sonst nie in Bewegung kommen würde. Die Zeit danach fühlte sich eine Weile wie endlose Sommerferien an. Irgendwann aber war die Luft raus, die Langeweile griff nach mir, ließ mich nicht mehr los.

Ich bin ins Berufsinformationszentrum gefahren. Ich hätte mich um Praktikumsplätze bewerben sollen, im Internet recherchieren. Aber mir fehlte die Energie. Mir fehlt der Impuls, die Motivation. Ich bin schlaff, eine überlebensunwürdige Daseinsform, eine moralisch minderwertige Schleimkreatur, die sinnlos durchs Leben schlappt, neben der sich eine Amöbe komplex und gemeinschaftsdienlich ausnimmt.

Neulich hatte ich ein Gespräch mit meinem Vater über das Thema.

Er stand im Flur, als ich die Treppe hinunter kam, um mich aus dem Haus zu schleichen.

»Daniel, kann ich mal mit dir reden?«

»Klar«, sagte ich.

Ich setzte mich auf die dritte Stufe der Treppe und sah ihn an.

»Ich frage mich, was du mit deinem Leben anfangen willst. Ich frage mich das schon eine ganze Weile. Ich weiß nicht, ob ich dir so eine Frage stellen darf. Du brauchst gewiss Zeit für deine Entscheidung, und ich will dich nicht drängen oder unter Druck setzen. Aber ich bin dein Vater und ich mache mir so meine Gedanken. Ich kann einfach nicht sehen, in welche Richtung du eigentlich willst.«

»Papa«, sagte ich.

Mir war klar, dass ihm das seit Tagen auf der Zunge lag,

wahrscheinlich seit Wochen. Oder Monaten. Endlich hatte er den Mut oder den Antrieb verspürt.

»Es ist klar, dass du dir Sorgen machst. Und das ist dein gutes Recht. Und ich finde es auch wichtig, dass wir darüber reden. Aber können wir das vielleicht ein andermal tun? Ich wollte gerade los. Wir reden morgen, okay?«

»Hm«, sagte mein Vater und strich sich über den Kopf. Er tat mir leid, weil ich wusste, dass wir dieses Gespräch sicherlich nicht in den nächsten Tagen führen würden. Sein Elan würde schon am nächsten Tag verpufft sein.

»Mach dir keine Sorgen«, sagte ich, und: »Ich weiß, was ich tue.«

Er stand verloren da und ich erhob mich von der Treppe.

Petras Mutter öffnet mir die Tür.

»Daniel, wie schön«, sagt sie.

Petras Mutter heißt Ute, und Petra sagt immer: Ute, die Gute. Ihre Mutter ist der höflichste Mensch, den ich kenne, Lächeln ist ihr natürlicher Gesichtsausdruck. Entweder ist sie wirklich so nett und so gut oder sie versteht es sehr geschickt, alle unangenehmen Gefühle für sich zu behalten. Einmal habe ich mit der ganzen Familie, dem Vater, den Brüdern und Petra, am sonntäglichen Frühstückstisch gesessen. Und Ute, die Gute, hat mich gefragt: »Daniel, hast du Lust, mir einmal die Butter zu reichen?«

So etwas haut mich um. ›Nein, im Moment habe ich eigentlich keine Lust, bitte fragen Sie mich in zehn Minuten noch einmal, okay?‹

So ist sie, Ute, die Gute.

Petras Zimmer liegt unter dem Dach, ein Zimmer mit Dachschrägen, die Wände bis zum Giebel getäfelt. Es ist noch immer ihr Reich, hier oben hat sie, haben wir unsere Ruhe.

Man kann über ihre Eltern sagen, was man will, abgrundtiefe Gutmenschen, aber sie gestehen ihrer Tochter zu, zu tun und zu lassen, was sie will, und sie vermitteln ihr trotzdem ein moralisches Korsett, nehme ich an. Eine Welt, an die man sich halten kann. Wo für karitative Zwecke gespendet und der Müll getrennt wird. Nicht so ein Treibsand, so unsicherer Boden wie bei mir.

An den Wänden hängen die Bilder, die Petra im Kunst-LK gemalt hat, überall im Haus, im Treppenhaus, im Arbeitszimmer des Vaters, aber eben auch in Petras eigenem Zimmer. Petra kann gut malen, keine Frage, da hängen Stillleben, expressionistische Porträts von Käsehobeln und anderen Alltagsgegenständen, verfremdete Ansichten fiktiver Personen, Landschaften, alles sehr gut gearbeitet, technisch sauber, aber ich würde nie auf die Idee kommen, mir meine eigenen Bilder aus der Schule an die Wand zu hängen. Man kann es drehen und wenden, wie man will. Petra ist schon so etwas wie eine Rebellin, sie macht ihren Mund auf, wenn ihr etwas nicht passt. Sie hört die richtige Musik. Sie hat zu allem eine Meinung. Aber alles in allem ist sie eine brave Tochter. Sie ist wie ihre Eltern, nett und gut, mindestens genauso gut wie Ute, auf ihre Art. Ich weiß auch gar nicht, was mich daran stört, es ist ja nicht verkehrt, gut zu sein. Und ich kann auch gar nicht behaupten, dass mein Vater schlecht wäre. Er ist schon okay auf seine Art: frühberentet, gescheitert, depressiv.

Ich erzähle ihr in kurzen Zügen, was im Zoo geschehen ist. Ich erzähle von dem Mann und dass Susann mich angeguckt und berührt hat.

»Was sagst du?«, frage ich.

Sie sitzt im Schneidersitz auf ihrem Bett, sie trägt ein gebatiktes T-Shirt, das ich zum Kotzen finde, und ihre Brille. Ich sitze zu ihren Füßen auf dem Flokati.

Petra denkt nach. Sie sieht mir ins Gesicht.

»Was bedeutet dir die Frau?«

Ich habe das Gefühl, dass ich rot werde, jedenfalls wird mein Gesicht warm, unangenehm.

»Äh«, sage ich geistvoll, »sie ist die Frau, die ich ins Delfinarium begleite, ich muss auf sie aufpassen. Sie ist verheiratet, und ich finde es spannend, herauszufinden, was mit ihr los ist, sonst nichts. Wieso fragst du?«

»Nur so«, sagt Petra. Aber sie sieht mich eindringlich an, als könnte sie in mir etwas lesen, eine Geheimschrift, ein indiziertes Kapitel, das eigentlich nicht für die Öffentlichkeit bestimmt ist.

»Bist du eifersüchtig? Du bist eifersüchtig, stimmt's?« Ich zwinge mich zu einem lockeren Lächeln.

»Quatsch«, sagt Petra, aber sie weicht meinem Blick aus, und jetzt kann ich sehen, dass sie rot wird.

»Also«, sage ich, »was hältst du von dieser Tierparkmann-Geschichte?«

»Ich glaube, dass du das ein bisschen zu wichtig nimmst«, sagt sie. »Keine Ahnung, was mit der Frau los ist, was interessiert es dich? Du machst einfach deinen Job und fertig. Lass sie doch, freu dich doch, wenn es ihr besser geht, wenn sie Kontakt zu ihrer Umgebung aufnimmt, das ist doch gut.«

»Ja, aber was ist mit dem Mann?«

»Keine Ahnung, irgendein Spinner halt.« Sie sieht mich milde lächelnd an.

»Na ja«, sage ich. Ich habe nicht das Gefühl, dass sie mich versteht.

Gerade bereue ich, dass ich keine Freundschaft zu männlichen Individuen hinbekomme und überhaupt nur zu einem weiteren menschlichen Wesen außerhalb meiner selbst. Monokultur nennt man das in der Landwirtschaft, wenn ein dummer Bauer immer auf dieselbe dicke Kartoffelsorte setzt. Das hat manchmal Nachteile. Es laugt auf Dauer die Böden aus.

»Was ist denn nun mit der Gerichtsgeschichte?«, frage ich, weil ich das Gefühl habe, dass sie eh nicht richtig bei der Sache ist, dass von ihr nichts mehr kommen wird.

»Jetzt sieht es auf einmal so aus, sagt Dr. Moritz, als ob der Senat vor Gericht scheitern könnte.«

Dr. Moritz ist der Rechtsanwalt des Schutzbündnisses zum Erhalt der Elbregion, das weiß ich schon. Petra blickt in Richtung ihres Schreibtischs, wo ich die entsprechenden Papiere vermute. Sie sieht auf einmal viel lebendiger aus.

»Der Planfeststellungsbescheid scheint zu vage zu sein, fehlerhaft. Er basiert auf falschen Annahmen. Zum Beispiel ist die Anzahl von Arbeitsplätzen, die Airbus so großzügig zu schaffen verspricht, durch nichts, durch kein Gutachten belegt. Außerdem gibt es ein paar formale Fehler. Weißt du, was das für das Dorf bedeuten würde?«

»Nein«, sage ich, und ich weiß, dass es länger dauern wird.

Petra geht nach unten und kommt mit einer Flasche Wein und zwei Gläsern zurück. Sie legt eine CD in den CD-Player, Nirvana, *Nevermind*, auch nichts Neues.

7. Im Bett

Es hat aufgehört zu regnen. Der Weg ist mit kleinen Pfützen übersät. Susanns Blick ist auf den Boden gerichtet. Diesmal sind wir beide aus einer Trance aufgewacht, brauchen beide eine Weile, um in der Wirklichkeit anzukommen. Sie schlägt anmutige Bögen zwischen den Pfützen und ich würde gerne ihre Hand nehmen.

Ich schließe ihr die Beifahrertür auf, gehe ums Auto herum und nehme hinter dem Steuer Platz. Susann steht neben der geöffneten Tür, sie stellt ihre Handtasche auf den Sitz, klappt die Lehne um. Es kommt völlig unvermittelt. Sie öffnet die Knöpfe ihrer Strickjacke, legt sie zusammengefaltet neben die Tasche. Sie nestelt an der Seite ihres Rockes herum und öffnet den Reißverschluss. Sie schiebt den Vordersitz nach vorne, bis er einrastet. Sie klettert ins Auto, nimmt auf der Rückbank Platz. Sie hebt die Hüften und schiebt sich den Rock über die Hüftknochen, sie zieht ihren Slip mit der weißen Strumphose darunter bis auf die Knöchel. Nicht, will ich sagen, aber es kommt kein Wort aus meiner Kehle. Sie stemmt ihre Fersen in die Polster der Rückbank, die Knie ragen empor, an die Schultern gepresst, sie hält die Beine mit beiden Händen auseinander. Ich starre, ich weiß nicht, wohin ich gucken darf. Ich bin weg, ich bin im Auto, aber es rauscht mir durch den Körper. Ich bin nicht, wie ich eigentlich bin. Der Schalter auf unwirklich umgelegt. Sie schaut nicht mich an, sondern die Kopfstütze. Wo bin ich, höre ich mich denken. Sie hat rote Flecken auf den Wangen, sie beißt sich mit den Schneidezähnen auf die Unterlippe, sie ist feucht, ihr Schamhaar klebt, ihre Schamlippen sind geöffnet, ich kann ihr mitten zwischen die Beine sehen. Es ist das Schönste, was ich jemals zu Gesicht bekommen habe. Mein Glied pocht gegen die Hose, dass es wehtut. Eine Strähne hängt ihr ins Gesicht, sie pustet sie weg. Ich verstehe es nicht. Ich bekomme keinen Ton aus mir herausgepresst. Meine Zunge ist pelzig und schwer, ein fremdes Tier in meinem Mund.

Ich greife neben mich auf den Nachtschrank und nehme ein Taschentuch aus der Packung, reibe meinen Bauch trocken damit. Ich seufze, gucke auf den Wecker nach der Uhrzeit.

Ich liege in meinem Bett und stelle mir ihre Hände vor. Und ihre Füße, wie ich sie sah, als ich Susann zu Hause abgesetzt habe. Henry hatte für sie einen Stuhl in den Garten gestellt, mitten ins Gras, wir saßen im Wohnzimmer und ich beobachtete sie durch die Scheibe. Dort saß sie barfuß, aufrecht, mit geradem Rücken. Sie betrachtete ihre Hände. Sie strich sich mit den Fingern der einen über den Rücken der anderen Hand. Susann hat eigenartig große Füße und Hände. Sie ist sonst so schmal und dürr, und ihre Hände und Füße scheinen gar nicht zu passen, als hätte sich jemand bei der Auswahl geirrt, als hätte sich ein Frankenstein beim Annähen in der Konfektionsgröße vertan. Sie sind so da, Hände und Füße, ganz im Gegensatz zur restlichen Person.

Sie bewegte die lackierten Zehen im dunklen Gras und ich fragte mich, wie es sein kann, dass eine Frau, die nicht bei sich ist, sich die Zehennägel lackiert. Ich fand mich selbst sonderbar, wie ich gebannt dasaß und durch das Glas staunte.

Ich liege im Bett und denke an Henrys Frau, es ist ein Sog, der von ihr ausgeht, es zieht in meinem Bauch. Ich fühle mich hilflos, wie ein Vogel, der in einer beschämend simpel konstruierten Falle gefangen worden ist.

8. Der Wolfsmann vom Alten Land

Ich greife zum Telefon. Vor mir liegt die Visitenkarte des alten Mannes, der mich vor der Kirche angesprochen hat. Oberalter vom Alten Land. Ich weiß nicht, ob irgendein sinnvoller Zusammenhang besteht. Wusste er, dass er mich im Alten Land wiedertreffen wird? Hat er etwas mit Susann zu tun?

Ich melde mich mit meinem Namen, Martin Daniel.

Ich frage ihn, ob er sich erinnert, und er sagt: »Aber ja, natürlich, ich freue mich, dass du anrufst.«

Der Oberalte duzt mich sofort, vielleicht ist er ein Freund oder der alte Vater von Henry?

Ich sage ihm, dass ich mich frage, ob er mir in einer Sache helfen könne, ich könnte vielleicht einen Rat gebrauchen, und er habe mir ja auch etwas sagen wollen anscheinend.

»Ah«, sagt er, »ja, was meinst du?«

Ich habe im Grunde zwei Möglichkeiten, denke ich, bluffen oder mit der Tür ins Haus.

»Wissen Sie etwas über die Frau, mit der ich in den Zoo gehe?«

Ich komme mir vor, als würde ich in der Welt der Erwachsenen Detektiv spielen.

»Komm ins Museum«, sagt er, »über manche Dinge sollte man nicht am Telefon sprechen.«

Das Museum ist in einem Reetdachhaus untergebracht. Ein großes, altes Bauernhaus mit viel weiß lackiertem Fachwerk und reich verziertem Giebel. Zur Straße hin, dem Haus vorgelagert, mitten auf dem Grundstück, steht eine alte Schmuckpforte, ein schmuckbesetztes Holztor mit geziegeltem Dach, wie sie im Alten Land häufig sind. Diese Pforten wurden früher nur zweimal im Leben der Bewohner benutzt, steht auf dem Schild an der Pforte, einmal, um Haus und Grundstück nach der Trauung in Besitz zu nehmen, und später, um in einer Kiste durch diese Pforte Richtung Friedhof getragen zu werden.

Die Tür zur Tenne ist angelehnt. Ich sehe mich im Halbdunkel um, moderige Kähne, landwirtschaftliches Gerät, eine kompliziert konstruierte Apfelpflückmaschine aus den Anfängen des automatischen Zeitalters. Ich trete an eine Schautafel heran, von einer Halogenlampe beleuchtet. Auf der Tafel steht, was der Name *Altes Land* zu bedeuten hat. Ich weiß nicht, ob ich es wirklich wissen will. Ich habe mir immer vorgestellt, es habe etwas mit grauer Vorzeit zu tun, mythische Anfurten, ein Elbenvolk, das aus fernen Gestaden mit seinen anmutigen Lichtbooten an dieser Flussküste gelandet ist, lange vor den Menschen, um dieses Alte Land in Besitz zu nehmen.

Tatsächlich unterscheidet der Name zwischen dem Land, das die Sachsen nach der Völkerwanderung hatten urbar machen können, lese ich, jenem höher gelegenen Land direkt am Ufer des Flusses, und jenem anderen, tiefer und weiter landeinwärts gelegenen, feuchten Marschland, das erst die herbeigeholten holländischen Siedler um 1500 mit ihrer fortschrittlicheren Technik trockenlegen und kultivieren konnten, Dränagen, Kanäle usw. Deshalb haben auch einige Ortschaften holländische Namen, Hollern-Twielenfleet oder Niencop. Es hat nichts mit Mythologie zu tun, sondern mit Landgewinnung, ein technischer Begriff. Es gibt Dinge, die will man gar nicht genau wissen.

Ich bin allein im Museum, kein Mensch ist zu hören, nicht das geringste Knarren alten Holzes.

Ich wandere vorsichtig durch die alten, staubigen Räume

im Erdgeschoss, betrachte die Altländer Hochzeitstrachten, ich informiere mich über den Patentmaulkorb, den Tittengevstohl, die Puppe Mönölöke und die Wolfsangel, die man in den alten Zeiten in den Baum gehängt hat.

Ich betrachte den schwarzen Metallgegenstand, der aussieht wie ein angespitzter Anker mit Widerhaken.

Im Begleittext steht, dass es bis ins 16. Jahrhundert hinein Wölfe im Alten Land gegeben habe, sie seien vereinzelt wegen des Schafreichtums aus dem Lüneburgischen herübergewandert und hätten nachts auf dem Deich die Schafe gerissen. Die Wolfsangel wurde mit einem Köder versehen und dann so hoch an einer Kette in einem Baum aufgehängt, dass der Wolf hochspringen musste, um den blutigen Köder zu erreichen. Dann bohrten sich die Widerhaken tief in den Wolfsrachen. Am nächsten Morgen konnte der Jäger oder Bauer oder Schäfer den Wolf vom Baum schneiden.

Ich stelle mir ein Altländer Kind vor, das nachts von einem schaurigen Geheul wach geworden ist und in seiner Kammer unter dem Dach des Fachwerkhauses auf dem Bett kauert, die Decke um die Schultern gelegt, und aus dem Fenster starrt, wo im großen Apfelbaum im Garten ein riesiger, schwarzer Wolf vom Wind hin und her bewegt wird.

Ich blicke mich um. Kein Oberalter, keine freundliche Museumsangestellte mit Dutt, niemand.

Unter der Überschrift *Sagen und Mythen* lese ich auf der Tafel daneben die Geschichte vom Altländer Wolfsmann.

Ein gezähmter Wolf habe einst den jungen Edelmann vom Gut Francop beim Spielen übel zugerichtet und hätte in der Folge getötet werden müssen. Unter ungeklärten Umständen sei später in einer Vollmondnacht die schöne Tochter vom Jordanhof verschwunden. Der entstellte Edelmann sei unglücklich in die Jordantochter verliebt gewesen. Auch heute noch gehe unter den alten Leuten das Gerücht um, dass es auf dem Jordanhof spuke, dass dort der Wolfsmann von Francop sein Unwesen treibe.

Und ich lese, dass sich das gesamte Alte Land 80 Zentimeter unterhalb des Meeresspiegels befindet, genau wie der biblische Fluss Jordan.

Mir wird schwummerig zumute, unheimlich.

Ich frage mich, was ich eigentlich genau vom Oberalten will, und was er von mir, schließlich hat er mich angesprochen. Was ich mir davon verspreche. Ich bin nicht sicher, ob ich glücklich bin, wenn ich ihn antreffe.

Im Erdgeschoss ist er nicht. Ich steige langsam eine knarzende Holztreppe hoch, die in das Dachgeschoss führt.

»Was bedeutet das eigentlich, Oberalter vom Alten Land?«, hatte ich am Telefon gefragt, bevor wir auflegten.

»Ich bin der Vorsteher der Totenbrüderschaft«, hatte er gesagt. »Der Altländer Totenbrüderschaft. Ich verwalte die Lade und lade zum Ladetag ein. Das geht hier seit dem 18. Jahrhundert so, immer zwei Oberalte. Seit mein Bruder gestorben ist, bin ich der einzige und vermutlich letzte Oberalte vom Alten Land.«

»Oh«, hatte ich gesagt und dann aufgelegt.

Der Oberalte sitzt in einem Büro unter einem Dachfenster, ich kann ihn durch die Scheibe einer Tür erkennen. Die Tür ist geschlossen, er trägt eine Brille auf der Nase und scheint in Papiere auf dem Schreibtisch versunken. Er hat mich noch nicht bemerkt. Schräg hinter dem Oberalten hängt ein Ölgemälde an der Wand, das einen Uhu vor einem nachtschwarzen Hintergrund auf einem Ast mit zwei dunkelgrünen Blättern zeigt.

Ich frage mich, wie er wissen konnte, dass ich aus dem Alten Land bin.

Ich schleiche zwei Schritte und kann seine Socken unter dem Schreibtisch erkennen. Der Oberalte vom Alten Land trägt Motivsocken, die Socken sind grau mit Pinguinen darauf.

Er hat seine Hände gefaltet und lächelt mich faltig an wie eine Schildkröte. Er hat mich entdeckt, er winkt mir auffordernd zu. Und ich habe nicht einmal Zivildienst im Altenheim gemacht, wo man lernt, wie man respektvoll mit verwirrten älteren Mitbürgern umgeht.

Mir wird das zu vage, zu unheimlich, der Alte. Ich winke freundlich zurück, drehe mich um meine Achse und gehe schneller, als ich will, die Treppe hinunter.

Ich fahre mit dem Fahrrad zum Skymarkt in Finkenwerder, das ist mein Lieblingssupermarkt, auch wenn der teurer ist als der Aldi um die Ecke. Supermärkte beruhigen mich, die wirklich wirkliche Welt. Ich mag den Namen und das Logo, und ich finde es angenehm, dass ich nicht alles aus irgendwelchen Kartons greifen muss. Alles ist hübsch und liebevoll für mich ausgestellt und dekoriert. Und außerdem ist es nicht mein Geld, das ich ausgebe. Ich kaufe ein, mein Vater bezahlt, das ist die Arbeitsteilung. Er hat keine Vorstellung davon, was man im Haushalt benötigt, was man essen kann oder nicht, deshalb gehe ich einkaufen. Würde es nach ihm gehen, wir ernährten uns von Vogelfutter, jeden Tag ein Jod-S-11-Körnchen, und wir nippten ein Schlückchen Wasser dazu. Für ihn ist es schon eine handfeste Überraschung, dass man im Haushalt Klopapier benötigt, zum Beispiel.

Ich schiebe meinen Wagen durch die Gänge. Plötzlich wird das Licht heller. Susann steht im Haushaltsgang mit dem Rücken zu mir. Es hat etwas mit ihren Haaren zu tun. Sie scheint die Gläschen mit Babybrei zu betrachten. Ich habe sie noch nie außerhalb des Hauses gesehen, wenn sie nicht in meiner Begleitung ist. Trotzdem gibt es keinen Zweifel, der schmale Rücken, die hohe Gestalt, die eingesunkenen Schultern. Die Haare. Sie steht still und schaut und ich kann mich auch nicht bewegen. Als hätte mich eine Hand aus Eis angefasst. Es ist ein Moment zum Festhalten, zum Hinter-Glas-Hängen, sie und ich im Supermarkt, im Skymarkt, nur wir beide. Ich werde sie niemals ansprechen, ich werde immer hinter ihr hergehen, wenn sie sich bewegt. Ich werde mich hinter den Regalen, den Auslagen, den Angeboten verstecken und ihr zusehen. Es ist Magie, es ist wie mit den Delfinen. Ich bin gelähmt und fühle mich gleichzeitig lebendig. Irgendetwas hat sich gelöst und fließt durch mich hindurch, was da normalerweise nicht fließt.

»Martin«, höre ich eine Stimme hinter mir.

Es dauert eine Weile, bis ich den Namen mit mir in Verbindung bringe. Es ist eine Männerstimme, und ich drehe mich um. Henry steht vor mir mit einer Packung Wischtücher in der Hand. Im Einkaufswagen befinden sich ein Topf Basilikum, mehrere Liter Milch, eine Packung Halbfettmargarine. Susann wendet uns den Kopf zu. Es ist das erste Mal, dass ich die beiden in freier Wildbahn antreffe.

»Das ist aber mal ein Zufall«, sagt Henry. Er lächelt und macht einen Schritt auf mich zu. »Susann, schau mal, wer hier ist.«

»Hallo«, sage ich, ich versuche zu lächeln. Ich lächle, aber es gelingt nicht richtig.

»Das passt aber gut«, sagt er. »Ich wollte eh mit dir sprechen. Komm mal kurz.«

Er nimmt mich am Arm und zieht mich ein paar Schritte von Susann weg, die uns ausdruckslos nachsieht.

»Komm doch mal so vorbei, privat. Ich meine, wenn du

Zeit hast, wenn du sie nicht abholst und so. Ich koche etwas für uns und dann reden wir.«

»Ja«, sage ich, »gern. Wieso?«

»Mir sind Veränderungen aufgefallen. Mich interessiert, wie du es siehst.«

»Äh«, sage ich.

»Außerdem möchte ich dich um einen Gefallen bitten.«

Ich schaue die Zahnpastatuben hinter Henry an. Colgate für 99 Cent. Was will er von mir, privat? Ich fühle mich ertappt, ich fühle mich in die Enge getrieben.

»Was?«, frage ich.

»Wir müssen in Ruhe darüber reden«, sagt er, »ich weiß nicht, ob du es dir vorstellen kannst.«

»Was?«

Er sieht mich eine Weile lächelnd an.

»Du magst sie doch, oder? Ihr scheint euch doch ganz gut zu verstehen.«

»Wie?«, sage ich.

»Na, so weit man das sagen kann.«

Er legt mir seine Hand auf die Schulter.

»Komm vorbei, ja? Dann besprechen wir alles.«

»Ja«, sage ich und werde rot dabei.

Ich schaue zu Susann hinüber und dann Henry an, in mir ist es still. Ich sehe zwei Neonröhren in seinen Brillengläsern leuchten.

9. Offene Augen

Henry hat mich in die Küche gebeten, das ist immerhin mal etwas Neues. In der Küche haben wir uns noch nicht unterhalten. Wir sitzen am Küchentisch und er setzt mir seine Airbus-Theorie auseinander. Er hat gerade ausgeführt, dass er keine Lust habe, seinen Job zu verlieren, weil ein paar Spinner aus der Stadt glauben, irgendwelche Fische beschützen zu müssen. Beim Reden bereitet er das Essen vor, gerade schneidet er die Zutaten für die Füllung klein, und ich trinke Bier. Er will Rouladen machen, dazu soll es Wirsinggemüse und Röstkartoffeln geben. Er hat bereits zwei Bierdosen aus dem Kühlschrank genommen und gesagt, dass nichts über ein Kochbier gehe. Nach kurzer Zeit hat er nachgelegt. Er ist wirklich geschickt, nicht nur beim Trinken.

»Was geht die die Sache denn an?«, sagt er. »Die sitzen da drüben in ihren Altbauwohnungen und träumen von einer gerechten Welt, in der sich Hase und Igel Gute Nacht sagen.«

Ich betrachte die Einbauküche hinter ihm, beige Hängeschränke mit braunen Griffen, braune Leisten, Furnier, braune Arbeitsplatte. Ich habe keine Ahnung, wo Susann ist, wahrscheinlich oben in ihrem Zimmer, dabei, sich die Haare zu kämmen. Ich bin froh, dass Henry nicht auf die Idee gekommen ist, mich nach meiner Freundin zu fragen, so privat. ›Hast du eigentlich eine Freundin? Bring sie doch mit, das ist doch nett.‹ Dann hätte er mir zugezwinkert. Und ich hätte Petra angerufen und gesagt, ›ach, komm schon, wir sind befreundet, das bist du mir schuldig. Und wundere dich bitte nicht, wenn dieser Mann Martin zu mir sagt, das ist so ein Tick von ihm. Er ist aber sonst eigentlich ganz nett.

Könntest du vielleicht auch Martin sagen, nur diesen einen Abend lang?‹

»Wenn ich die Sache richtig verfolgt habe«, sage ich, »scheint mir das etwas verkürzt dargestellt.« Ich nehme einen Schluck aus meiner Dose.

»Es geht hier doch um die Arbeitsplätze«, sagt er. »Wenn das Werk nicht ausgebaut wird, haben wir im globalen Wettbewerb keine Chance. Dann geht die gesamte Produktion nach Frankreich, die stellen sich nicht so an mit ihren Fischen!«

Vor dem Fenster hängen bis zur halben Höhe weiße Rüschengardinen, daneben ein gestickter Sinnspruch an der Wand: *Der treuste Führer in der Not, das ist und bleibt der liebe Gott.*

Ich stelle mir Henry mit Nadel in der Hand vor, die Brille auf der Nasenspitze, auf seine Stickarbeit herabäugend, sein heimliches Hobby.

»Wenn ich es richtig mitbekomme«, sage ich, »geht es da nicht nur um die Umweltschützer, sondern auch um die Leute, die enteignet werden müssen, die Obstbauern, die ihre Grundstücke abtreten sollen, und um die Anwohner.«

Henry hackt Zwiebeln auf einem Brett klein und schaut dabei weder auf seine Finger noch auf das Messer. Er schaut mir in die Augen, obwohl er gerade Zwiebeln schneidet. Es ist die pure Angeberei, aber uns beiden gefällt es, es ist schon sehr beeindruckend.

»Ja, aber in welcher Welt leben die denn!? Man kann doch hier nicht nur Schafe auf den Deichen weiden lassen und sich an der Apfelblüte erfreuen! Ich habe keine Lust, meinen Arbeitsplatz zu verlieren, nur weil sich ein paar Hinterwäldler zwei Dörfer weiter nicht vom Anblick ihrer Obstbäume trennen können. Die werden doch anständig entschädigt!«

»Meines Wissens gibt es ein Recht auf Eigentum«, sage ich.

»Denen gehören die Grundstücke nun mal. Was würdest du denn sagen, wenn jemand auf einmal dein Haus haben wollte und sagt, du musst weg?«

Henry grinst. »Ist nur gemietet!«

»Es gibt nun einmal ein durch die Verfassung verbrieftes Recht auf Eigentum«, sage ich. »Da kann doch sonst jeder kommen.«

»Und es gibt ja wohl auch das ... Gemeinwohl«, Henry greift zufrieden nach seiner Dose, »dem sich der Einzelne im Zweifelsfall unterordnen muss. Wir leben nun einmal in einer Demokratie und nicht jeder einzeln für sich. Man muss sich dem Gemeinwohl beugen. Steht auch im Grundgesetz, soweit ich weiß.«

»Wer sagt denn, dass es hier um das Gemeinwohl geht? Hier geht es doch in erster Linie um Konzerninteressen!«

Er hebt mahnend sein Zwiebelmesser.

»Arbeitsplätze sind nicht nur Konzerninteresse, die sind Gemeinwohl!«

»Die Arbeitsplätze, ja«, sage ich. Arbeitsplätze, Globalisierung, damit hört dann immer jede Debatte auf. Und Hitler hat die Autobahn gebaut. Ich weiß, was Petra sagen würde. Ich fühle mich eh schon wie ihre Bauchrednerpuppe.

»Gut, dass nicht wir die Sache entscheiden müssen«, sage ich in diplomatischem Ton, aber er funkelt mich an: »Ich würde mir das schon zutrauen!«

»Ja, du«, sage ich.

Er schneidet jetzt Speck in kleine Würfel, ebenso rasant.

Es macht schon Spaß, ihm beim Kochen zuzusehen, er ist sehr schnell, effizient, er räumt alles gleich zur Seite, hinterlässt nicht so ein Chaos wie ich. Überhaupt hat er die Ruhe weg. Mein Problem, wenn ich mal wirklich etwas koche, aus richtig frischen Zutaten, ist die Hektik, die sich einstellt. Ich werde fahrig, versuche, drei Dinge gleichzeitig zu machen. Er besitzt den Zauber der Ruhe, er ist wunderbar organisiert, ein gelassener Handgriff folgt dem nächsten, ihm steht kein Schweiß auf der Stirn. Ich sitze am Küchentisch und bewundere ihn, trinke Bier, werde betrunken.

»Aber eigentlich wollte ich mit dir über was ganz anderes sprechen«, sagt er.

»Ja«, sage ich.

»Ich wollte dir von meiner Reise erzählen.«

Während er die Füllung zusammenrührt, erzählt er, dass bei seiner Schwester, die in Karlsruhe lebt, Drogen gefunden wurden. Sie sitze jetzt in Untersuchungshaft. Seine kleine Schwester. Die Eltern seien bereits tot, und er will hinunterfahren, um auf seine Schwester aufzupassen. Ein paar Tage. Ich soll im Haus einziehen, weil er Susann nicht mitnehmen will. Er könne sich dort nicht um sie kümmern. Und alleine kann er sie auch nicht lassen.

»Was sagst du?«, fragt er.

»Äh«, sage ich. Ich habe das Gefühl, meine Schädeldecke leise knacken zu hören. In meinem Kopf formiert sich eine Eiszapfenschrift, von der Decke meines Schädels hängen schillernde Eisbuchstaben: Susann und ich, allein, in einem Haus.

»Ich weiß nicht«, sage ich.

»Du brauchst ja nichts zu machen, du bist bloß da und passt auf sie auf, okay?«

Ich habe ein flaues Gefühl im Bauch, mein Puls beschleunigt sich. Ich frage mich, ob die beiden keine Freunde oder Bekannten haben.

»Ach komm, du packst das«, er schüttelt mich an der Schulter, »mir zuliebe, tu mir den Gefallen. Ich schreibe dir eine Liste, auf was du alles zu achten hast, im Haus und mit Susann, okay?«

Mir ist schlecht, ich bin glücklich. Warum vertraut er mir so?
»Ja«, sage ich.
So ein Kuppler.

Als das Essen Essen ist, trägt er die Schüsseln ins Wohnzimmer hinüber. Dort ist für zwei Personen gedeckt. Er schiebt die Tür weiter auf und macht mir Platz, bugsiert mich zum Esstisch hinüber. Ich sitze und betrachte die Ecke neben dem Klavier, in der ein Computertisch steht. Der Computertisch ist mir bislang nicht aufgefallen, trotz seiner Hässlichkeit. Computertische gehören ohne Zweifel zu den hässlichsten Möbeln der Erde. Ich habe nie verstanden, wozu die Menschheit Computertische benötigt, warum man seinen Computer, wenn man schon einen haben muss, auf keinen normalen Tisch stellen kann. Warum es ein spezielles Möbel geben muss. Das Wunder der Funktionalität, es offenbart sich mir nicht, nicht bei Möbeln, nicht im wirklichen Leben. Das Klavier habe ich wahrgenommen, den Computertisch nicht. Ich bin gut darin, mir unliebsame Dinge auszublenden.

»Was ist mit Susann?«, frage ich.

»Wir wollen unter Männern miteinander reden«, sagt er. »Das ist ein Männerabend.«

Ich habe bereits so viel Bier in meinen Adern, dass sich das für mich wie eine gute Idee anhört. Ich stelle mir Susann vor, die oben in ihrem Zimmer sitzt, sich kämmt und mit knurrendem Magen unseren gedämpften Stimmen lauscht.

»Wie war sie nun eigentlich vorher?«, frage ich, als wir fertig gegessen haben.

Ich wische meinen Teller mit einem Stück Brot sauber, da braucht er kaum noch etwas abzuwaschen.

»Du wolltest neulich schon einmal von ihr erzählen, aber dann hast du doch nichts gesagt.«

Er sagt, dass Susann viel unterwegs gewesen sei wegen des Berufs.

Er sagt, als Stewardess habe sie offen sein und gerne reden müssen.

Er sagt, sie habe sich gut mit ihren Kolleginnen verstanden, obwohl sie eigentlich nicht viele Freundinnen gehabt habe.

Sie habe zweimal die Woche Sport gemacht, sei ins Fitnessstudio gegangen.

Sie habe sich gerne Filme angeguckt, DVDs.

Sie sei gern zu Hause gewesen. Ab und zu seien sie zum Essen ausgegangen, manchmal ins Kino.

Sie habe sich auf das Kind gefreut.

Sie hätten gemeinsam das kleine Zimmer eingerichtet.

Sie habe noch mehr Kinder gewollt, zwei oder drei.

Das sagt nichts über sie aus, finde ich, das hätte er mir beinahe über jede Person erzählen können, aber vielleicht muss das so sein, vielleicht ist das immer so. Vielleicht bleibe ich auch so farblos, wenn man über mich erzählt.

»Aber manchmal«, Henry seufzt, »frage ich mich, ob das alles so stimmt, wie ich mich erinnere, vielleicht war sie auch ganz anders, vielleicht habe ich sie ganz falsch gesehen, falsch eingeschätzt, so wie ich sie sehen wollte, wie es mir in mein Bild passte. Vielleicht ist ja die Susann, die du jetzt siehst, die wirkliche Susann. Was weiß denn ich? Was fragst du denn mich, wie sie war, ich kann das gar nicht mehr wirklich sagen, sie müsstest du fragen. Mich ignoriert sie doch komplett, ich bin Luft für sie, sie behandelt mich wie ein Möbel, und ich habe sie seit Monaten nicht angefasst, ich bin so was von vorsichtig, das kann ja kein Mensch, kein Mann, aushalten.«

»Hm«, mache ich und habe Angst, dass er richtig losweinen wird, ich weiß nicht, was ich dann tun soll. Er ist viel älter als ich. Er fährt sich mit beiden Händen durch die Haare.

»Wie habt ihr euch kennengelernt?«

»Wir kennen uns schon seit der Schule, sie war ein paar Klassen unter mir. Ich war schon immer in sie verliebt, weil sie so besonders aussieht. Sie sah schon immer besonders aus. Weißt du, was ich meine? Ist es dir aufgefallen?« Er macht eine Handbewegung, die ihre Stirn simuliert.

»Na ja«, sage ich. Ich finde auch, dass Susann besonders aussieht, niemand ist wie sie. Und ich finde sie richtig hübsch jetzt.

»Sie war auch schon immer größer als ich«, Henry lächelt wehmütig, »aber sie hat sich nicht für mich interessiert.«

Besonders romantisch klingt das nicht, finde ich. In meinem Arm entsteht ein gewisser Drang, ein Gefühl der Spannung, ihm mitfühlend auf die Schulter zu klopfen, aber ich weiß es zu verhindern.

»Ich hol mal neues Bier, ja?« Henry steht auf, schlurft mit dem Geschirr in die Küche.

»Ja«, sage ich und trinke meine Dose leer.

Im Garten beginnt es, katzengrau zu werden. Ein Strahler geht an, den Henry so platziert hat, dass er den Vogel von unten beleuchtet, ein grotesker Eindruck, ein Horrorvogel.

Ich frage mich, warum er mir das alles erzählt. Ich bin doch nicht sein Freund, ich bin doch nur ein Betreuer.

Zurück im Zimmer macht sich Henry an einem Schrank zu schaffen und kramt Schallplatten heraus. Er legt leise Musik auf, Elvis. Ich mag Elvis, bei Elvis fühle ich mich immer zu Hause. Elvis und die Beatles, zeitlos wie Feinrippunterwäsche.

»Du magst Elvis?«, frage ich.

»Klar, und wie! Früher war ich selber Elvis.«

»Wie?«, frage ich, greife nach dem nächsten Bier.

»Ich hatte eine Elvisband, ich war Elvis, ich konnte gut singen, ich hatte sogar den Anzug und alles, auch wenn ich ihm nicht besonders ähnlich sah.« Henry grinst. »Wir haben bei so Gartenfesten gespielt und Hochzeiten und was man so macht. Einmal hat mir bei einer Gartenparty eine Omi die Zunge in den Hals gesteckt.«

Er lächelt verträumt.

»Aber irgendwann bin ich zu fett geworden, obwohl, das passt ja auch irgendwie, fetter Elvis. Na, und der Beruf kam dazwischen bei den meisten, wie das halt so geht.«

»Klar«, sage ich.

Wir hören eine Weile der Musik zu.

»Ich will dir noch was zeigen«, sagt er dann. Er steht auf und geht in den Flur, wo er eine Schublade aufzieht und herumkramt. Er kehrt mit zwei Zetteln zurück, die er vor mich auf den Tisch legt. Er knipst eine kleine Lampe hinter mir an. Zettel, natürlich, die Sprache, in der der Kosmos ganz persönlich zu mir spricht.

»Was ist das?«, frage ich.

Auf den Zetteln sind jeweils nur ein paar Buchstaben zu lesen, Kyrillisch oder Ähnliches, ich habe keine Ahnung, lesen kann ich es jedenfalls nicht.

»Das ist Russisch«, sagt Henry.

»Aha«, sage ich. »Und?«

»Faszinierend, oder?«

»Geht so«, sage ich.

»Das hat Susann aufgeschrieben. Ich hatte ihr Zettel und Stift hingelegt. Die Ärztin meinte, ich solle das machen, noch im Krankenhaus, und eines Tages hatte sie das hier aufgeschrieben. Ich kam sie besuchen, und diese Zettel lagen da. Irre, oder? Da spricht sie wochenlang nicht einen Ton, und dann schreibt sie etwas auf Russisch auf. Dabei kann sie gar kein Russisch, nicht, dass ich wüsste, nicht ein Wort, außer Nasdrowje vielleicht. Die Ärztin konnte es auch nicht erklären. Was sagst du dazu?«

»Was heißt denn das?«

»Auf dem einen steht *Haus* und auf dem anderen *Delfin*, hier auf dem. Was sagst du dazu? Wie würdest du denn das erklären, dass sie auf einmal Russisch kann?«

»Keine Ahnung«, sage ich. »Vielleicht hat sich jemand einen Scherz erlaubt, der am Zimmer vorbeikam. Kam das danach noch mal vor, hat sie öfter was auf Russisch aufgeschrieben?«

»Nö, nur dieses eine Mal.«

»Hm«, mache ich. »Hat sie mal was Russisches gesagt?«

»Nein.«

»Hat sie sonst was aufgeschrieben, auf Deutsch, meine ich?«

Henry schüttelt den Kopf.

»Echt komisch, kann ich auch nichts zu sagen.«

Ich nehme die Zettel in die Hand und fühle über sie hinweg, Diagnose: Zettel mit Stift drauf. Dann lege ich sie zurück auf den Tisch.

Wir sitzen im Lampenschein, trinken Bier und hören Elvis.

»Tja«, sagt Henry. »Schön, dass du mit an Bord bist jedenfalls. Vielleicht kriegst du ja noch mal einen anderen Blick auf sie, vielleicht geht es ja doch noch ein bisschen voran. Für mich ist das auf jeden Fall ganz wichtig.«

»Hm«, mache ich, »mal sehen.« Wir starren vor uns hin. Ich mag ihn. Wenn ich einen älteren Bruder haben wollte, ihn würde ich nicht schlecht finden, auch wenn er so viel Bier trinkt.

Ich betrachte das Ballett der Bierdosen auf der Tischplatte, ein Anblick, der mir immer gefällt, in Kneipen, auf Partys, diese Dosen- oder Flaschenversammlungen. Elvis singt *I'm all shook up*. Ich stelle mir Henry mit einer Tolle im

Paillettenanzug vor, wie er mit einer Oma unter Lampions knutscht. Das Bild bekomme ich nicht scharf.

»Ich kann nicht mehr fahren«, sage ich.

»Du bist doch mit dem Fahrrad da«, sagt er. »Fahrradfahren geht immer. Klar kannst du fahren.«

»Kann ich nicht«, sage ich. »Ich bin zu betrunken.«

»Egal, dann fahre ich dich eben. Das Fahrrad tun wir in den Kofferraum. Ich kann immer fahren.«

»Bist du sicher?«

»Sicher bin ich sicher.« Er nuckelt an seiner Dose.

Im Flur scheint ihm noch eine Idee zu kommen.

»Warte mal, komm mal mit, ich will dir noch was zeigen.«

Henry kichert und zieht mich am Arm. So leise wie möglich steige ich hinter ihm die Treppe hoch. Er hat die Tür zu Susanns Zimmer geöffnet.

»Guck mal«, sagt er, »guck dir das mal an.«

Ich stehe in der Tür, während er noch einmal ins Erdgeschoss schleicht, ich komme mir vor wie im Schullandheim. Henry hat eine Taschenlampe von unten geholt, die er mir in die Hand drückt.

»Guck sie dir mal an«, sagt er, und als ich zögere: »Mach, sie schläft ganz fest, sie wacht nicht auf, bestimmt.«

Ich richte den Kegel der Taschenlampe auf Susanns Gesicht. Ihr Haar liegt um sie herum auf dem Kissen ausgebreitet. Sie hat den Kopf zur Seite gedreht. Ihr Mund steht offen. Ihre Augen sind weit geöffnet. Erschrocken lasse ich das Licht der Taschenlampe erlöschen. Henry kichert.

»Kannst wieder anmachen, sie schläft. Sie schläft immer mit offenen Augen seit dem Koma, irre, nicht?«

Mit der Taschenlampe reiße ich das Bild noch einmal aus dem Dunkel. Susann schlafend mit offenen Augen.

Zu Hause greife ich zum Telefon, es ist spät, aber ich kann nicht anders.

»Pet?«

Ich fühle mich wie ein schlechter Schwimmer, der in unruhiger See endlich den Kopf über Wasser kriegt und Luft holt.

»Gibt es bei dieser Airbus-Geschichte irgendeine Aufgabe, die ich übernehmen kann? Kann ich helfen, kann ich mich da irgendwie einbringen?«

Ich brauche dringend Boden unter den Füßen, mein Leben ist zu schwammig geworden. Gerade würde ich mich sogar über einen Bürojob freuen, irgendetwas, meiner geistigen Gesundheit zuliebe.

Sie sagt: »Wenn du unbedingt etwas tun willst, dann komm mit, wenn die Airbus-Mitarbeiter auf dem Deich gegen uns demonstrieren. Zehntausend sollen es werden. Das wird eine heiße Kiste, das kann ganz schön emotional werden. Wir müssen unbedingt dagegenhalten.«

»Und was kann ich da machen?«, frage ich.

»Genau das Gleiche wie ich, Gegenflugblätter verteilen, diskutieren, für die Wahrheit einstehen.«

»Okay«, sage ich und sehe mich schon in schimmernder Rüstung auf den Zinnen des Deiches die Ungläubigen aufspießen, Flugblätter voller Wahrheit auf der Spitze meiner Lanze.

10. Uhu

Ich laufe durch die Stadt, hetze eine Straße hinunter. Es ist irgendeine Hafengegend, die mir vage bekannt vorkommt, aber ich kann die Umgebung nicht einordnen. Es sieht alles real aus, aber gleichzeitig wirkt es wie unter Wasser, als wäre die Wirklichkeit geflutet, eine Unterwasserwelt. Die Luft hängt voller algenartiger Elemente, die mich an selbst gebastelte Mobiles aus Transparentpapier erinnern, schwebend und sich im Raum bewegend, unheimlich. Irgendeine fremde Macht hat Einfluss über die Stadt gewonnen. Wenn ich an die schwebenden Formen und Streifen gerate, es sind jetzt auch schwarze Streifen darunter, kleben sie an mir fest. Der Boden ist voll von diesem Zeug. Ich betrachte die Sohlen meiner Turnschuhe, die voller Schleim sind. Von zwei transparenten Spuren über mir im Himmel tröpfelt es klebrig, durchsichtig, gallertartig auf den Boden. Wie zwei durchsichtige Stromkabel hängen diese Spuren in der Luft. Ich suche in einem Holzverschlag am Straßenrand vor dem Getröpfel Zuflucht, um nicht völlig zu verkleben. Der Unterstand gleicht einer Bushaltestelle, einige Passanten befinden sich schon darin, eine alte Frau, ein Mann mit Bart, eine Mutter mit zwei Kindern. Die Kinder weinen. Es liegt ein hoher, unangenehmer Summton in der Luft, eine Art Kreischen. Ich weiß, dass wir angegriffen werden, dass es gerade noch rechtzeitig war, sich hier zu verbergen.

Plötzlich sind Delfine in der Luft, fliegende Delfine, die keinen Unterschied zwischen Wasser oder Luft machen, dickliche, comicartige Tümmler, dunkel und kompakt, mit kurzen, kräftigen Schnäbeln. Einer saust auf den Holzverschlag zu und bremst kurz vor dem Ziel ab, er schwebt direkt vor mir und blickt mich mit Augen an, die mich an Fliegenaugen erinnern, sonderbar unsehende Augen, wie die Reflektoren in den Speichen von Fahrrädern. Ich betrachte das Ölgemalde, das von zwei anderen Delfinen hinter ihm mit den Schnäbeln durch die Luft getragen wird. Durchsichtiger Schleim läuft am Bild herunter. Es zeigt einen Uhu, der vor einem schwarzen Hintergrund auf einem Ast mit zwei dunkelgrünen Blättern sitzt. Ich wundere mich über das Bild, denn es scheint, als wollten die Delfine mir etwas damit sagen. Ich habe bloß keine Ahnung, was.

»Weißt du, was genau im Delfinarium mit ihr passiert?«

»Nö«, sagt Henry gut gelaunt. Er sieht mich mit Neon in den Brillengläsern an, wir stehen im Supermarkt und er nimmt Produkte aus den Regalen, hält sie vor mich hin, ich schüttele den Kopf und er legt sie trotzdem in den Einkaufswagen. Er rüstet uns für einen mittleren Atomkrieg aus. Nur ein paar Tage will er wegbleiben, eine Woche oder so, aber wenn er so weitermacht, muss ich jahrelang keinen Schritt vor die Tür setzen. Der Wagen ist schon halb voll mit Getränken, Mehl, Zucker, Marmeladen, und wir haben gerade erst angefangen.

Er stellt ganz vorsichtig einen kleinen Kaktus neben den Tiefkühlkostpackungen ab, einen putzigen Kaktus mit einer roten Puschelblüte an der Seite, Sonderangebot.

»Für dich«, sagt er und grinst mich an. »Nö, keine Ahnung. Deshalb bist du ja da, das sollst du ja für mich herausfinden.«

»Also bin ich gar nicht nur so eine Art Zivi und Behindertenbetreuer, sondern auch ein Detektiv und Geheimagent, ja?«

»Jetzt hast du es endlich erfasst, genau. Du bist mein Mann fürs Feine und fürs Grobe, mein Sonderermittler, du Doppelnull, und du hast von mir die Lizenz zum Flöten.«

»Daniel«, sage ich. »Martin Daniel.«

»Hehe«, sagt er.

»Du bist ja ganz schön gut drauf«, sage ich.

»Weißt du, was das Komische an dieser Delfingeschichte ist?«

»Nein«, sage ich.

»Ich selber habe Angst vor Delfinen, ganz komisch. Ich hasse Delfine.«

»Du hast Angst vor Delfinen?«

Henry macht Anstalten, eine handliche Motorsäge in den Einkaufswagen zu legen, in Gedanken, nehme ich an, aber ich kann ihn davon abhalten.

»Ja, seit meiner Kindheit, seit ich acht bin, das ist genau die Zahl, die ich im Kopf habe, komisch, keine Ahnung, warum ich ausgerechnet das so behalten habe. Seit damals erscheinen mir Delfine als kalte, glatte, berechnende Tiere. Sie tun so scheißfreundlich, aber sie sind viel hintertriebener, als man ihnen ansieht. Sie sind so falsch. Und sie wirken so nackt, nackte Tiere, auf eine brutale Art nackt und glänzend.«

»Na ja«, sage ich. Das scheint mir doch etwas zu viel hineingeheimnist in unsere possierlichen Meeressäuger. »Wie kommst du denn auf so was?«

Henry räumt eine Palette Himbeerjoghurt in den Wagen, ich lasse ihn gewähren. Joghurt geht schon in Ordnung.

»Ich musste früher immer mit meinem Vater in den Zoo. Ich wollte gar nicht. Am Wochenende in den Zoo, und immer stand als Höhepunkt der Besuch des Delfinariums auf dem Programm. Am schlimmsten war der Moment, wenn ein Kind ins Boot steigen sollte, um von einem Delfin im Kreis herumgezogen zu werden.«

Komisch, denke ich, alle möglichen Dinge auf der Erde entwickeln sich rasant, Autos fahren immer schneller und können

Bioraps tanken, mit Telefongeräten kann man Wäsche bügeln und sich von Kontinent zu Kontinent bewegen, aber auf dem Gebiet der Delfindressur scheint es nur Stillstand zu geben. Immer noch dieselbe alte Bootsnummer. Ist da wirklich alles ausgereizt? Gibt es keine zeitgemäßen Entwicklungen? Nummern mit Delfinen im Cyberspace, Videoprojektionen?

Vitamintabletten, sechs Röhrchen, in den Wagen, zappzerapp.

»Ich hatte immer diese irrationale Angst, dass mein Arm von alleine hochgeht, um mich zu verraten. Dass ich mich unfreiwillig melde, dass mein Arm sich selbstständig macht. Oder dass ich einfach so drangenommen werde, ohne mich zu melden. Ich wollte um mein Leben nicht in dieses Boot, ich wollte keinem Delfin jemals so nahe kommen, so ausgeliefert sein. Ich traute diesen gefühllosen, manipulierenden Kreaturen nicht.«

Ich schaue ihn mir besorgt von der Seite an. Ich bin mir jetzt nicht mehr sicher, ob er maßstabsgetreu eine Erinnerung referiert oder ob seine Fantasie mit ihm durchgeht.

»Ich hielt meinen eigenen Arm fest, so«, Henry macht mir vor, wie er sich selbst festgehalten hat, »ich presste ihn an meinen Körper, um mich nicht unfreiwillig zu melden, während um mich herum alle Kinder wie wild mit den Fingern schnipsten. Einmal hat sich mein Vater für mich gemeldet.«

»Und, wurde er drangenommen?«

»Nein. Aber trotzdem habe ich ihm das nie verziehen. Er wusste von meiner Angst. Er schaute auf mich herab, während die Bootskindsuche lief. Ganz langsam senkte er den Blick zu mir herab, dann ließ er ein Lächeln auf seinen Mundwinkeln entstehen. Langsam bildete sich das Lächeln aus, wie so ein Schmetterling sich entfaltet oder wie so eine Blume aufgeht.«

Henry, denke ich streng, mäßige dich.

»Dann hob er langsam den Arm, ganz langsam, den Blick auf mich gerichtet, lächelnd. Langsam schob er seinen Arm empor, bis er über die Menge der Kinderarme weit hinausragte, wie ein überdimensionaler, alles beherrschender Funkturm, der böse Signale in die Welt funkt. Das habe ich ihm nie verziehen.«

»Aber wie kommst du denn darauf, dass es kalte, berechnende Tiere sind?«

»Na ja«, sagt er, »ehrlich gesagt, keine Ahnung.«

»Hm«, mache ich. Ich habe Delfine auch noch nie leiden können. Angst habe ich zwar nicht, aber sie sind mir zu nett, zu glatt, diese Dauerlächler, und allgemein zu beliebt. Sie scheinen den besten Imageberater der Welt zu haben. Ihnen traut man alles Gute zu, und wenn man einen Bösewicht in der Welt des Wassers und der Fischmetaphorik braucht, sind sie fein raus, dann denkt man sofort an Haie. Delfine, die Werbemillionäre, die Streber, die Schleimer der Weltmeere. Fischige Gutmenschen, widerlich.

Susann und ich blicken uns an, Henry ist gerade ins Taxi gestiegen.

Wir stehen auf der Straße, Susann hat die Arme um den Körper geschlungen, es ist ein kühler, grauer Tag. Sie wendet sich ab und geht die paar Meter bis zum Haus. Ich bleibe stehen und sehe erst dem Wagen nach, bei dem die Bremslichter aufleuchten, dann ihr.

Mit meiner Tasche in der Hand habe ich vor einer Stunde an der Haustür geklingelt. Henry hat mir das Haus gezeigt und mich instruiert, worauf ich achten soll. Er hat mir das Ehebett bezogen, sein Bett. Ein komisches Gefühl, in einem fremden Ehebett schlafen zu sollen, in dem ein Kind gezeugt wurde.

Ich gehe nach oben in Henrys Schlafzimmer und packe meine Tasche aus. Ich nehme den Kulturbeutel heraus und trage ihn ins Badezimmer hinüber. Ich stelle fest, dass ich mich unnatürlich leise bewege, ich bin ein Eindringling, ich versuche meine Anwesenheit unter der Schwelle des Wahrnehmbaren zu halten. Ich stehe im Bad und begutachte die Kosmetika, die auf der Ablage, auf dem Schränkchen und auf der Waschmaschine versammelt sind. Ich rieche an Henrys *Tabac*-Aftershave, jedenfalls nehme ich an, dass es seines ist. Ich öffne leise das Schränkchen und schaue mir Susanns Lippen- und Kajalstifte an.

Anschließend lege ich meinen Pyjama auf das Bett und das Buch, das ich lese, auf den Nachtschrank. Im Schlafzimmer hängen gerahmte Fotografien von Manuel, auch von Susann. Gegenüber dem Bett hängt ein abstraktes Bild, das mich an eine Gruppe autistischer Gurken erinnert, die den Geburtstag ihres Anführers feiern. Ich öffne den Kleiderschrank. Alles ist sehr ordentlich, sauber und aufgeräumt, der Schrank, das Zimmer, das Haus. Ich schiebe die Gardine zur Seite und blicke in den Vorgarten, ich stehe verloren da.

Ich gehe hinunter in die Küche und schaue mir da alles genau an, ich nehme eine teure Pfeffermühle in die Hand, betrachte die selbst gestrickten Topflappen in Form von Schweinegesichtern. Von Susann höre ich nichts, ich vermute sie im Wohnzimmer, aber als ich hinübergehe und mich vor den Fernseher setze, finde ich sie nicht. Später klingelt das Telefon. Es ist nicht mein Anschluss. Ich warte, ob Susann sich rührt.

»Bei Windgassen«, sage ich dann. Komisch, ich komme mir hier in dieser Umgebung jünger vor als sonst. Unangenehm. Unsicher.

»Martin«, sagt Henry, »alles klar?«

Irgendwie ist es gut, seine Stimme zu hören, beruhigend.

Ich liege im Bett, die Hände links und rechts auf der Bettdecke. Ich atme. Das Bettzeug riecht nach fremdem Waschpulver. Vorhin hat sich Susann zu mir ins Wohnzimmer gesetzt. Sie hat mich einmal kurz angelächelt. Ich denke an ihren schlanken, langen Hals, wie ich ihn vorhin heimlich betrachtet habe, immer ein Auge auf dem Fernseher, damit es nicht zu auffällig ist.

Ich habe den Rollladen im Schlafzimmer nicht ganz heruntergelassen, es ist nicht ganz finster im Raum. Durch milchiges Grau kann ich die Umrisse der Rahmen mit den Fotos an der Wand erkennen. Nachmittags habe ich die Fotoalben von Henry und Susann aufgestöbert. In einer Schublade im Wohnzimmer. Susann war oben, und ich war sehr leise. Ich ließ die Schublade offen stehen, ich kauerte auf dem Teppich und hätte das Fotoalbum sofort zurückgleiten lassen, hätte ich von oben etwas vernommen. Es gab die Alben mit gemeinsamen Bildern, Urlaube, was weiß ich wo, eines sah nach Pyrenäen aus, zweisprachige Schilder vor Gebirgsstraßen, dann die Bilder, auf denen Susann schwanger war, da sah sie müde und genervt aus, komisch, Susann so mit dickem Bauch. Die Bilder von der Hochzeit, auf die ich sonderbar reagierte, das wollte ich nicht sehen. Henry noch etwas jünger, nicht ganz so breit, mehr Haare auf dem Kopf. Dann gab es einen losen Umschlag, in dem Henrys Jugendbilder waren. Und schließlich das Album mit den Bildern von Susann als jungem Mädchen. Mein Album. Das habe ich mir den ganzen Nachmittag angeschaut. Sie, in der Zeit zurückverwandelt, die selben ernsten Augen, eindringlicher fast noch auf einigen Bildern. Vor allem eins hat es mir angetan. Auf dem schaut sie mich von unten nach oben an. Die blonden Haare halblang, in den achtziger Jahren aufgenommen vielleicht, sie trägt etwas Hellblaues, die ernsten, türkisen Augen ganz groß.

Es wurde still um mich herum und ich musste das Album zumachen, weil ich es nicht mehr aushielt irgendwie. Komisch, ich habe das Gefühl, ich erkenne sie auf diesem Bild, nicht oberflächlich, sondern tiefer, ich kann in sie hineinsehen, ich erkenne ihre Seele, ihr Wesen, ich sehe mitten hinein in sie, sie braucht nichts zu verschleiern. Und das Erschreckende an diesem Bild ist, dass sie gleichsam herausguckt, dass sie zurückschaut, dass sie genauso mich erkennt in meiner Art und meinem Wesen, dass ich mich genauso erkannt fühle von ihr auf diesem Foto. Ich liege im Bett und denke an das Bild, und ich muss lächeln und werde gleichzeitig traurig.

Dann höre ich ein Knacken aus dem Flur. Ich kann die Tür von Susanns Zimmer hören, die leise geschlossen wird. Dann geht die Tür zu meinem Zimmer vorsichtig auf. Susann steckt den Kopf hinein, ihr Haar schimmert im Halbdunkel. Sie trägt ein weißes Nachthemd. Sie gleitet auf das Bett zu. Ich halte die Luft an. Sie legt sich neben mich, schmiegt sich unter die Decke. Ich fühle mich steif, alles tut weh, mein Herz schlägt zum Verrücktwerden, wie eine blöde afrikanische Trommel. Ich kann den Puls überall in meinem Körper spüren, vor allem an Körperstellen, wo ich ihn gerade nicht spüren will. Susann liegt da und atmet. Das darf nicht sein. Sie ist viel älter als ich. Sie ist die Frau von Henry. Und ich habe das Gefühl, dass die Zeit angehalten ist, dass ich nicht atmen kann, dass ich werde sterben müssen in einem der nächsten Augenblicke. Ich weiß, dass sie neben mir liegt, ich weiß, dass das ihr Körper ist, dass das wirklich ist, ich spüre ihn und ich würde ihn unheimlich gerne berühren, ihre Brüste, ihre Hüften, ihr Haar, das darf nicht wahr sein. Ich kann ihre Wärme fühlen.

Dann spüre ich eine Bewegung, ein kriechendes Suchen unter der Decke, als mache sich ein kleines Tier selbstständig, ein Nagetier oder ein Eichhorn. Und dann liegt ihre Hand auf mir, auf meiner Schlafanzughose. Sie hat ihre Hand auf meinem Penis. Ich habe eine Erektion, natürlich. Es ist mir unangenehm. Ihre Hand liegt da, und dann bewegt sie sie ein ganz kleines bisschen, ihre Fingerspitzen bewegen sich kurz, und sie drückt ein wenig, übt ein ganz klein wenig Druck aus. Und ich halte die Luft an, kann nie wieder atmen. Ich lausche in das ewige Dunkel, an dessen Ende ein Stern glimmt. Ich habe die Augen geschlossen und lausche auf das, was ihre Finger auf meinem Penis tun, diese unglaublich leise Musik, und es ist das Wichtigste für mich auf der ganzen Erde. Sie lässt sich Zeit, eine ganz kleine Bewegung nur, kaum wahrnehmbar nach außen, aber nach innen richtet sie eine Verwüstung biblischen Ausmaßes an, ein tropischer Sturm tobt in mir, nur weil sich zwei Fingerkuppen wenige Millimeter bewegen, ganz langsam. Es dauert. Sie macht es geschickt, sie hält mich hin, sie hält die Luft an. Ich würde gerne ihr Gesicht sehen, aber ich muss die Augen geschlossen halten. Es geht etwas auf im Dunkel. Ich würde sie gerne küssen, in ihrem Gesicht wühlen mit meinen Lippen. Es wird heller, es wird lauter, es schwillt an, es gibt eine Bewegung, ein Aufbäumen, eine Eruption, und dann weiß ich, was die Leute meinen, wenn sie sagen, dass sie Sterne sehen. Es tut weh, kurz wird es Tag, und dann schießt es aus mir heraus in ihre Hand, das heißt, in den Stoff meiner Pyjamahose.

Da weiß ich wieder, wie es sich anfühlt, wenn man verliebt ist, ich liege da und wende meinen Kopf und möchte etwas sagen, und stattdessen küsst mich Susann stumm auf die Haare.

In der Nacht wache ich auf, aber der Platz neben mir im Bett ist leer.

11. Die Ferien meines Lebens

Susann und ich gehen durch die Apfelplantage. Es ist ein herrlicher Sommertag, die Wolken treiben wie püriert durch ein fast schmerzhaft intensives Dunkelblau und ich sehe Susann hinterher, die links und rechts die Obstbäume hinter sich lässt, die kleinen, verkrüppelten, hochgezüchteten Obstträger, Funktionsbäume, mickrig von Wuchs, Fruchtstauden, beladen mit rot glänzenden Früchten. Das Gras ist von einem surreal grünen Farbton, als wäre Frühling und man hätte gerade nach dem Winter Pigmente aus dem frisch geöffneten Farbtopf in die Natur gegossen. Ferne sieht man die Linie des Deiches und dahinter schlummert ein braunblauer Fluss mit weißen Hochseedampfern auf dem Bauch. Ich sehe Susanns Rücken in dem weißen Kleid an, ihr weißer Schal weht, verhakt sich in den Ästen. Sie hält den breitkrempigen Hut auf dem Kopf mit einer Hand fest, und trotzdem wehen die Locken, mit der anderen streift sie beiläufig die Äste links. Es ist die erotischste Berührung, die ich mir vorstellen kann. Als würden beim Kontakt der Haut mit dem Baum Funken schlagen. Susann, höre ich mich sagen. Mein Gefühl ist, dass ich mich tagelang in dir aufhalten könnte. Ich sage es, aber meine Stimme erreicht sie nie. Die Worte sind zu leise gesprochen. Ich müsste nichts weiter tun, sage ich, und du auch nicht. Du würdest nur daliegen, die Beine angewinkelt, und mich aufnehmen. Ich wäre in dir und keiner von uns wollte sich bewegen. Ab und zu küssen, deine Brust in meinem Mund, deine Hand auf meiner Brust. Und ab und zu eine minimale Bewegung. Hier im Apfelhain soll es sein, hier im Gras, wo der Wind Laub über uns weht, wochenlang würden wir liegen, und irgendwann würde ich kommen wie eine Schnecke im

Schneeurlaub, träge und leise, es würde mich beinahe stören, aber es wäre von einer Intensität wie eine Komposition aus Leim, die ein Laubfrosch auf einer Nebelharfe spielt. Und du würdest niemals kommen, du würdest weinen, zum Zerreißen angespannt unter dem Druck meines Leibes, du würdest seufzen, und wie beim russischen Roulette wüsstest du, dass einer von uns stirbt, sterben muss bei so viel Intensität.

Das alles sage ich und weiß, dass es nicht meine Worte sind, die in den Wind geblasen sind, nicht die eines 20-Jährigen, auch du weißt das, als du dich umdrehst und mich anlachst, deine Lippen offen, glänzend kann ich deine Zunge sehen. Du bleibst stehen, dein Haar verwirrt sich unter dem Hut, treibt nach links und schmiegt sich um einen Ast wie eine kleine Würgeschlange. Du schaust mich aus brennend schwarzen Augen an, nichts als Pupille, du sagst etwas und es brennt sich in meine Ohren, ich kann die Flüssigkeit fühlen, die aus meinen Ohren läuft und meinen Hals hinabrinnt. Komm, kleiner Vogel, ich bin ein Nest für dich. Und dann hast du mich in der Hand, du drückst zu und mir vergehen die Sinne.

Es klingelt an der Tür.

Ich schaue durch das geriffelte Glas und finde es sonderbar, diese Tür zu öffnen. Es steht mir nicht zu. Ich bin nicht der Hausherr. Auf der anderen Seite steht ein Mann Anfang oder Mitte dreißig. Er ist etwas größer als ich, seine Haare sind braun, er hat graue Augen und schaut mich durchdringend an, als ich die Tür geöffnet habe. Er trägt eine graue Anzughose, eine graublaue Lederjacke und darunter ein schwarzes Sweatshirt, Turnschuhe an den Füßen. Verstrubbelte Haare.

Der Mann aus dem Tierpark, kein Zweifel. Der Mann, der an Susann herumgerüttelt hat.

»Ja?«, frage ich.

»Ich glaube, du hast etwas, das mir gehört«, sagt er.

»Das glaube ich kaum«, sage ich.

»Darf ich hereinkommen?«, fragt er und legt den Kopf schief.

Ich komme mir vor wie die sieben Geißlein im Märchen, der Wolf steht vor der Tür und die Mutter ist auf den Markt gegangen.

»Nein«, sage ich. »Was wollen Sie?«

»Ich will meine Frau«, sagt er.

»Sie müssen sich irren«, sage ich, »Sie verwechseln die Tür.«

»Nein«, sagt er, »bestimmt nicht.«

»Nein?«, frage ich.

»Nein. Ich habe dich schon oft beobachtet, wie du mit meiner Frau durch die Gegend ziehst. Ich weiß, dass der andere Typ weggefahren ist, du bist jetzt alleine mit meiner Frau, deshalb bin ich da, um sie zurückzuholen. Ich weiß, dass du alleine bist.«

»Ich rufe die Polizei«, sage ich.

»Schön«, sagt er. »Dann sollen die das klären. Ihr seid die Entführer.«

Ich sehe ihn bloß an. Wie macht er das, er wirkt so sicher?

»Willst du mich nicht reinlassen?«, fragt er.

»Nein«, sage ich und meine nein, »ich will Sie nicht hereinlassen.« Ich stelle es mir vor, ich auf Henrys Platz im Freischwinger, er auf meinem Sofa, und ich gehe hinüber in die Küche und hole Dosenbier.

»Nein«, sage ich.

»Du brauchst keine Angst vor mir zu haben«, sagt er. »Ich glaube nicht, dass du böse bist, dir wird auch nur mitgespielt, glaube ich. Ich glaube nicht, dass du einer von den Bösen bist. Es lässt sich alles klären.«

Ich denke, wo ist Susann, ist sie sicher? Zuletzt stand sie oben im Bad. Ich bin im Wohnzimmer gewesen, habe in einem Buch über Ottomotoren gelesen.

»Wer sind Sie?«, frage ich.

»Mein Name ist Max Braun und du beherbergst meine Frau in diesem Haus.«

»Die Frau von Herrn Windgassen«, sage ich.

»Meine Frau«, sagt er. »Ich bin ihr Ehemann.«

»Alles klar«, sage ich und will die Tür schließen.

»Schau mal«, sagt er. Er greift in die Innentasche seiner Jacke und ich denke, er zieht eine Pistole hervor wie im Fernsehen, aber dann hat er eine Brieftasche in der Hand. Er klappt sie auf und hält sie mir hin. In der Brieftasche befinden sich zwei Fotos. Auf beiden Fotos ist Susann zu sehen. Auf dem ersten sieht man ihn und sie, Susann, denkt es in mir, er trägt einen braunen Anzug und sie ein Hochzeitskleid. Auf dem anderen Bild sieht man sie auf einer Treppenstufe sitzen mit einem dunkelhaarigen Kind, einem Jungen von etwa zwei Jahren auf dem Schoß, Susann mit den türkisen Augen und den blonden Haaren, nur die Frisur ist anders, als wäre sie zu Gast in einem fremden Leben. Als ihre eigene Doppelgängerin, ihre Zwillingsschwester. Susann.

Henry hat nie etwas von einer Zwillingsschwester erzählt. Er hat auch nicht erzählt, dass sie schon einmal verheiratet war.

»Und?«, frage ich den Mann, halte ihm die Brieftasche hin.

»Meine Frau«, sagt er. »Entführt. Verschwunden im April 2003. Polizeilich gesucht, vermisst. Ich habe sie hier gefunden und ich verlange, dass du sie mir auf der Stelle herausgibst, sonst hole ich die Polizei schneller als du Hip-Hop sagen kannst. Alles klar?«

»Warten Sie«, sage ich. Ich schließe die Tür. Meine Finger zittern, meine Knie fühlen sich schwach an. Ich gehe ins Wohnzimmer und hole Henrys Fotoalbum. Ich öffne die Haustür und halte ihm das Album an der entsprechenden Stelle hin, Henrys und Susanns Hochzeit. Dann Bilder von der schwangeren Susann, Susann mit starrem Blick, die Hände auf dem Bauch. Henry hat das Foto so aufgenommen, dass man den Fluss im Hintergrund sieht.

»Hm«, sagt er, »wir müssen reden. Lass mich rein, bitte.«

»Nein«, sage ich, »das geht nicht.« Ich sage es streng. Mir schwindelt, aber Angst habe ich nicht mehr. Er sieht jetzt genauso ratlos aus wie ich.

»Ich kann Sie nicht reinlassen, es geht nicht.«

»Okay«, sagt er. »Du verarschst mich nicht, oder?«

»Nein«, sage ich.

»Gut«, sagt er.

Ich rufe Petra an, frage sie, ob sie auf Susann aufpassen kann. Es ist mir unangenehm, ausgerechnet diese beiden Frauen zusammen, aber was soll ich tun. Es geht nicht anders, jemand muss auf sie aufpassen, und meinen Vater kann ich nun wirklich nicht fragen. Ich gehe hinauf zu Susann und sage ihr, dass gleich Petra kommt, um auf sie aufzupassen, dass ich dringend fort muss, dass ich aber in zwei Stunden wieder da bin. Dann packe ich zwei Fotoalben in eine Tüte, eins mit Bildern von Henry und Susann, eins mit ihren Kindheitsbildern. Ich habe mich mit dem Mann, der sich Max Braun nennt, im Zoo verabredet, in einer Stunde, vor dem Giraffengehege. Leider habe ich vergessen, mir seinen Ausweis zeigen zu lassen, aber das hole ich nach. Ein öffentlicher Ort scheint mir gut, ein Ort, an dem sich andere Menschen aufhalten – zur Sicherheit. Mann, denke ich und komme mir vor wie ein

Nebendarsteller im Sonntagabendkrimi, mein Puls fliegt, und ich überlege, ob ich Henry auf seinem Handy anrufen soll.

Dann steht Petra in der Tür. Petra in Henrys Wohnzimmer, auch schon schräg genug. Das reicht mir eigentlich fürs Erste, zwei getrennte Welten auf Kollisionskurs. »Bier steht im Kühlschrank«, sage ich, haha. Ich unterrichte Petra kurz über das, was passiert ist.

»Verrückt«, sagt sie. »Bist du sicher, dass du dir das Ganze nicht einbildest?«

»Spinnst du«, sage ich. »Da müsste ich ja richtig von der Rolle sein, das wären aber ziemlich handfeste Halluzinationen.«

»Eben«, sagt Pet und schaut mich halb besorgt, halb spöttisch an. »Ich hoffe, du weißt, was du tust.«

»Susann ist oben«, sage ich. »Du musst nichts machen, lass sie bloß nicht raus.«

»Klaro«, sagt sie. Wir schauen uns lange in die Augen.

Ich setze mich auf die Bank vor dem Giraffengehege, er ist noch nicht da. Jetzt komme ich mir vor wie im Agentenfilm, ich habe leider keine Zeitung mit Löchern und keinen präparierten Aktenkoffer. Ich sehe einem Giraffenkalb zu, das sich an der Seite seiner Mutter hält und versucht, die obersten Blätter von einem Busch zu zupfen.

Dann ist er da und setzt sich neben mich auf die Bank.

»Wie heißt du eigentlich?«, fragt er.

»Daniel«, sage ich. Ich lausche in mich hinein. Nach einer Weile füge ich hinzu: »Martin Daniel.«

Er schaut mich an.

»Meinen Namen habe ich dir schon gesagt.«

»Hm«, mache ich.

»Angenehm, Martin«, sagt er.

Er blickt mich aus grauen Augen an und ich nicke.

»Also?«, frage ich.

»Meine Frau ist verschwunden. Sie ist an einem Wochenende vor über einem Jahr in die Stadt gefahren und dann ist sie nicht mehr zurückgekommen. Sie hatte das Auto stehenlassen, sie ist mit dem Bus gefahren. Sie wollte eine Freundin treffen in einem Café, aber dort ist sie nie angekommen. Sie war einfach weg. Verschwunden. Abgehauen oder entführt. Entführt würde ich sagen, denn ich glaube nicht, dass sie unzufrieden oder unglücklich war, sie hat nie etwas in der Richtung gesagt. Und ich hätte es gemerkt. Ich bin gleich zur Polizei gegangen nach einem Tag, habe sie als vermisst gemeldet. Aber sie haben nie etwas herausgefunden, keine Spuren.«

»Vielleicht ist ihr etwas Schlimmes passiert«, sage ich.

»Nein«, sagt er. »Ich habe immer gespürt, dass sie noch am Leben ist, das wusste ich immer, da gab es nicht die Spur eines Zweifels für mich. Na ja, jedenfalls bin ich seither herumgefahren. Ich habe sie gesucht. Und dann habe ich sie gefunden, hier im Zoo. Ich bin euch gefolgt – eine ganze Weile schon.«

Ich schaue ihn von der Seite an.

»Wieso sind Sie denn ausgerechnet in den Zoo gegangen«, sage ich, »um sie zu suchen? Wie sind Sie denn auf die Idee gekommen?«

»Das Delfinarium«, sagt er. »Delfine sind ihre Lieblingstiere. Sie ist schon immer gerne hingegangen, früher als Kind mit ihrem Vater.«

Er schaut auf seine Schuhspitzen und ich sehe eine Miniaturversion von Susann an der Hand eines imaginären Vaters durch den Tierpark spazieren, eine absurd kleine Susann, erwachsen, bloß geschrumpft. »Einmal habe ich Sie gesehen«, sage ich, »sonst nicht. Ich habe nichts gemerkt.«

»Ich weiß«, sagt er und grinst.

»Warum haben Sie nicht die Polizei angerufen?«

»Das habe ich.«

»Und?«

»Die Polizei ist zu dem Haus gefahren und hat mit dem Dicken geredet. Dann haben sie mir gesagt, dass es nicht Marie ist, dass alles seine Richtigkeit hat. Sie haben mir ihr Bedauern ausgesprochen.«

»Eben«, sage ich.

»Aber ich weiß trotzdem, dass es Marie ist«, sagt er. »Du hast doch die Fotos gesehen. Ich wusste es gleich, als ich sie gesehen habe. Sie ist es, das weißt du so gut wie ich.«

»Es ist die Frau von Henry«, sage ich. »Und ich bekomme Geld dafür, dass ich mich um sie kümmere.«

»Du bekommst Geld?«

Ich erzähle ihm meine Geschichte, wie ich sie kenne, wer ich bin, wer ich glaube, dass Susann ist, mein Bezug zu ihr, zu Henry. Ich erzähle es so ehrlich und gewissenhaft, wie es geht, ich weiß nicht wieso.

»Sie sieht nicht gut aus«, sagt er, »sie sieht immer bedrückt aus, leblos, überhaupt nicht wie die Frau, die mit mir gelebt hat.«

»Das sage ich ja«, sage ich.

»Das meine ich nicht«, sagt er.

»Hm«, mache ich.

»Gib mir eine Chance, lass mich mit ihr reden.«

»Das geht nicht«, sage ich. »Ich kann das nicht entscheiden. Ich bin bloß der Aufpasser.«

»Natürlich geht es, du musst mich bloß zu ihr lassen, dann wirst du sehen, dass alles seine Richtigkeit hat.«

»Ich weiß nicht«, sage ich.

»Glaubst du, dass ich ein Lügner bin? Glaubst du, dass ich dir eine Lügengeschichte erzähle?«

Das Problem ist, wird mir klar, dass ich ihn sympathisch

finde, dass ich ihn mag. Und dass ich gerne wissen würde, wie er lebt, wie er gelebt hat mit seiner Marie. Vielleicht hat es etwas mit dem Geheimnis zu tun. Vielleicht hat es tatsächlich mit Susann zu tun.

»Ich weiß nicht«, sage ich. »Eigentlich nicht, nein.«

»Dann lass sie mich sehen.«

»Beweise«, sage ich, »ich brauche Beweise. Warum soll ich glauben, dass die Frau auf den Fotos Ihre Frau ist? Es gibt Computerprogramme. Man kann Bilder täuschend echt fälschen. Mit solchen Bildern werden Nachrichten verkauft, wird Politik gemacht, Geschichte umgeschrieben.«

»Das ist paranoid«, sagt Max Braun.

»Und selbst wenn ich es glaube«, sage ich, »wenn ich irgendwie glauben sollte, dass Marie die Frau ist, die ich betreue, was ist dann mit Henry? Ich glaube nicht, dass Henry mich die ganze Zeit belogen hat. Ich glaube nicht, dass er ein Lügner ist. Ich glaube seine Geschichte. Ich habe ja das Haus und die Fotos gesehen. Ich glaube daran, dass Susann Susann ist.«

Aber dann denke ich, dass Henry mir nichts vom Erscheinen der Polizei erzählt hat.

»Ich weiß es nicht«, sagt Max Braun und ich kann in seinen Augen lesen, dass er es wirklich nicht weiß. »Wir müssen es herausfinden.«

Wir gucken nachdenklich vor uns hin.

»Eine Sache will ich dir sagen«, sagt er, »die du leicht nachprüfen kannst. Marie hat ein charakteristisches Muttermal auf dem Rücken, fast schon auf dem Steiß. Es ist so groß wie ein Euro, es ist rotbraun und erhaben, es ist nicht kreisrund, sondern an den Rändern zerfasert.«

»Okay«, sage ich, »aber selbst wenn es so ist, bedeutet das wenig. Wenn sie dieses Muttermal besitzt, heißt das in erster

Linie, dass Sie von diesem Muttermal wissen, das ist dann bewiesen, mehr nicht.«

Ich nicke und komme mir schlau vor. »Das ist etwas dünn«, sage ich.

»Außerdem hat Marie eine Tätowierung auf dem Schulterblatt, ein Stück Stacheldraht.«

»Aha«, sage ich. »Welche Schulter?«

»Links.«

»Okay«, sage ich. »Ich prüfe das irgendwie nach.«

Ich denke daran, wie ich Susann bitten werde, sich zu entkleiden, damit ich sie auf unverwechselbare Merkmale hin untersuchen kann. Ich bin mir nicht sicher, ob es irgendetwas beweisen würde oder bedeutet, wenn ich Stacheldraht und Muttermal finde. Soll ich Henry anrufen und fragen, ob Susann ein Muttermal und eine Tätowierung besitzt? Was ist, wenn er Nein sagt und ich sie später trotzdem finde? Wäre dann etwas bewiesen?

Kann ich Henry vertrauen? Daran habe ich bislang nie gezweifelt.

Ich überlege, wann Susann ins Koma gefallen ist. Vielleicht ist es der Tag, an dem Max' Frau verschwunden ist. Ich würde gerne mit Petra darüber reden. Ich würde gerne die Daten vergleichen. Ich würde gerne eine Konferenz einberufen mit allen Beteiligten. Verwirrend, das Ganze.

»Und jetzt?«, frage ich.

»Lass mich mit ihr reden.«

»Okay«, sage ich, »zu meinen Bedingungen.«

Ein kleiner Junge krallt sich in die Maschen des Giraffenzaunes, seine Mutter versucht ihn fortzuziehen, aber der Junge will nicht.

Es ist nicht wirklich ein Plan. Ich habe gar nicht die Zeit, einen Plan zu entwickeln. Es ist mehr eine dumme Idee. Aus dem Bauch heraus, ich weiß nicht, wieso. Ich habe den Mann nach seiner Handynummer gefragt und gesagt, wir würden uns melden, wir, habe ich gesagt, um Zeitpunkt und Ort bekannt zu geben. Ich musste lächeln dabei, jetzt bin ich endgültig im Krimi. Als ich zurück ins Haus trete, scheint es verlassen, ich rufe erst Petras Namen, dann Susanns, aber ich bekomme keine Antwort. Ich finde die beiden im Garten, auf dem Rasen sitzend, einträchtig nebeneinander. Ich stehe eine Weile still hinter ihnen und schaue mir das Bild an. Sie sitzen Schulter an Schulter nebeneinander, verrückt und schön. Dann setze ich mich links neben Susann.

Ich erzähle Petra, was ich vorhabe und sie schaut mich mit zusammengekniffenen Augen an.

»Du spinnst«, sagt sie.

»Wir haben noch drei Tage Zeit«, sage ich. »Bis dahin ruft er bloß an und dann sind wir eben nicht da. Außerdem kann ich ihm ja zuvorkommen, ich habe seine Handynummer.«

»Wieso?«, fragt Petra. »Was soll das Ganze, was versprichst du dir davon?«

Und das kann ich mir eben selbst schlecht erklären.

Ich glaube, dass irgendetwas dran ist an seiner Geschichte. Ich habe keine Ahnung, wer die Frau auf den Fotos ist. Ich weiß nicht, was es bedeutet. Aber vielleicht kann ich es herausfinden. Die Frau auf den Fotos sah identisch aus, nicht bloß wie irgendeine schlecht hinfrisierte Doppelgängerin. Es ist ein Rätsel. Ich möchte mehr Fotos sehen. Und ich möchte sehen, wie Susann auf ihn und die Umgebung reagiert. Vielleicht will ich auch nur, dass irgendetwas passiert, sie kann ja nicht ewig schweigen. Ich will in Bewegung kommen mit ihr.

So etwas in der Art sage ich zu Petra. Und zu meinem Erstaunen akzeptiert sie es.

Sie sagt: »Gut, ich bleibe hier und halte dir den Rücken frei. Ich sorge dafür, dass sie dir nicht auf die Spur kommen, ich halte sie hin und beruhige sie. Ich kümmere mich um deinen Vater, keine Sorge. Und du löst gefälligst dieses Rätsel, Sherlock.«

Dann lasse ich die beiden auf dem Rasen sitzen, sie scheinen sich bestens zu verstehen. Auf Henrys Schrank finde ich einen kleinen Rollkoffer. Ich lege fünfmal die Stewardessengarnitur hinein, Unterwäsche und Strümpfe. Dann fahren wir zu dritt mit Henrys Wagen in die Stadt. Petra hebt vierhundert Euro von ihrem Sparkonto ab und drückt sie mir in die Hand.

»Das gibst du mir irgendwann wieder, okay?«

Sie gibt mir ihre Sparcard dazu. Auf dem Konto befänden sich ungefähr achttausend Euro, sagt sie, ich solle darüber verfügen, schließlich bräuchten wir Geld, wenn wir unterwegs wären. Sie schreibt mir ihre PIN auf einen alten Busfahrschein und schiebt ihn in mein Portemonnaie. Wir gehen in einen Handyladen. Ich lasse Petra reden, sie ist besser in diesen Dingen. Ich sehe uns zu, wie wir ein Handy kaufen auf Petras Namen. Petra engagiert wie immer – und dann zwei Schweiger im Hintergrund, eine große Blonde in einer Stewardessenuniform, daneben ein stiller Dunkelhaariger mit blassem Gesicht, von dem man keinen bleibenden Eindruck erhalten haben wird. Draußen drückt Petra mir das Handy in die Hand.

»So«, sagt sie. »Damit gibst du mir Bericht. Ich bin die Telefonzentrale. Ich koordiniere die Einsätze, bei mir laufen die Fäden zusammen, okay?«

»Ja, Chef«, sage ich.

Danach trennen wir uns fürs Erste. Ich habe drei Telefonate zu erledigen.

Das Telefonat mit Henry ist kurz. Ich sage ihm, dass alles gut läuft, dass wir im Zoo waren und Susann schweigt, nichts Neues also. Henry erzählt, dass seine Schwester einen Thailänder kennengelernt und für ihn Drogen in ihrer Wohnung aufbewahrt hat. Er fragt mich, ob ich etwas zu essen gemacht habe und ich erzähle ihm, dass es heute Fischstäbchen gab, was der Wahrheit entspricht.

Dann rufe ich den Mann an, der sich Max Braun nennt. Ich sage ihm, dass er uns auf dem Parkplatz vom Skymarkt in Kirchwerder treffen soll, morgen, am Sonntag um 11 Uhr 30. Dass er dort mit Susann reden kann und dass noch eine Freundin von mir dabei sein wird, um aufzupassen.

Dann rufe ich meinen Vater an. Es klingelt länger, weil er im Sessel eingeschlafen ist.

»Martin«, meldet sich mein Vater.

Ich sage: »Hier auch«, und endlich einmal, ausnahmsweise, ist es keine Lüge und keine Verdrehung. Komisch, es klingt so erwachsen, nur den Nachnamen zu sagen. Vermutlich ist man erwachsen, wenn man sich mit seinem Nachnamen vorstellt oder am Telefon meldet, ohne ein komisches Gefühl zu haben.

»Papa«, sage ich, »ich bin's. Ich wollte mich nur mal melden. Wie geht's?«

»Gut«, sagt mein Vater. »Und selber? Was treibst du dort bei diesen Leuten?«

»Nichts, ich passe auf Frau Windgassen auf. Ich kümmere mich hier ums Haus und so. Eigentlich bringt es Spaß. Kommst du gut zurecht so ganz alleine ohne mich?«

»Ich war schließlich auch schon vor dir da.«

»Papa, pass bitte auf dich auf«, sage ich. »Lass es dir gut gehen, sei nicht traurig und mach dir bitte keine Sorgen um mich, ja? Ich melde mich bei dir, ja? Ich lass dich nicht im

Stich, ich lass dich nicht alleine, okay?«

»Daniel, ist alles in Ordnung bei dir?«

»Ja, Papa.« Und dann sage ich etwas, was ich selten zu ihm sage. Ich sage: »Ich hab dich lieb.«

»Ich dich auch, Daniel«, sagt er. »Mein Sohn, manchmal finde ich dich etwas sonderbar.«

»Das ist die väterliche Linie.«

»Na, du musst es ja wissen.«

»Tschüß, Papa«, sage ich.

Ich sehe es vor mir, wie er den Hörer auf die Gabel legt und kopfschüttelnd zum Sessel zurück geht, in den Garten schaut und sich am Kopf kratzt, mein Vater. Das lässt mich lächeln.

Später liege ich in Henrys Bett. Bilder und Gedanken schwirren mir durch den Kopf, als wäre Flugschau oder Tag der offenen Lüfte auf dem Provinzflughafen. Und ich warte darauf, ob wieder die Tür aufgeht und sie sich zu mir legt, um mir irgendwelche Wunder zu zeigen. Ich liege da und atme und denke. Schlafen kann ich jedenfalls nicht. Ich denke daran, wie sie durch die Nacht gleitet in ihrem weißen Hemd, um mich glücklich zu machen.

12. Ich dich auch nicht

Ich liege in Henrys Bett und muss an eines der letzten Male denken, an dem ich Sex mit Petra hatte. Wir waren drüben in der Stadt gewesen. Petra hatte mich mit in einen Bretterbuden-Club am Hafen genommen, obwohl ich eigentlich nichts für solche Besuche übrig habe. Sie weiß das und sie hat mich trotzdem mitgenommen, weil sie meinte, es täte mir ganz gut, wenn ich mal ein paar andere Dinge sehe und tue, als immer nur eine Behinderte durch Finkenwerder zu führen. Sie meinte, der Anblick von Gleichaltrigen, von hippen jungen Menschen, täte mir gut. Dabei mag ich keine hippen jungen Menschen, sie machen mir Angst. Wir hatten Bier aus braunen Flaschen auf der Hafentreppe getrunken, neben uns Trainingsjackenträger und Menschen mit Dreadlocks und Wollmützen, wir hatten den Reflektionen der Werftlampen auf dem schwarzen Rücken des Flusses zugesehen, drüben die Docks mit einem blauen Frachter in Arbeit. Das orange Hafenlicht auf den dunklen Schleppen der Wellen. Petra kommt eh besser klar mit der Stadt als ich. Ich bin der Dorfdepp von uns beiden.

Einmal hatte sie mich zu einer Aktion in der Innenstadt mitnehmen wollen, zu der sich wildfremde Menschen im Internet verabredet hatten. Zu einer bestimmten Uhrzeit spannten zahllose einander unbekannte Menschen an einem strahlenden Sonnentag scheinbar spontan vor einem großen Kaufhaus wie ferngesteuert ihre Regenschirme auf, Muttis, Rentner, junge Menschen. Ein Symbol gegen Massenkonsum und Globalisierung, nehme ich an. Die Idee fand ich reizvoll, aber ich hatte trotzdem nicht mitgewollt. Und einmal kehrte sie mit einer aufgeschürften Wange von einem

Sonntagsspaziergang gegen den Rechts-Senat zurück und erzählte voller Stolz, dass sogar ein Zivilpolizist von seinen uniformierten Kollegen aus einem anderen Bundesland verprügelt worden war. Sie nahm an irgendwelchen autonomen Politgruppen teil. Sie erzählte mir davon, aber ich wollte mir die genauen Umstände nicht merken.

Dann nahmen wir die letzte Fähre von den Landungsbrücken. Petra sagte mir, dass sie drüben zu Hause noch kiffen wolle mit mir am Strand, ein neues Hobby von ihr. Ich wusste nicht, was ich davon halten sollte. Eine Phase vermutlich. Sie hatte bei den Hafenstraßenhäusern Gras im Plastikbeutel von einem Schwarzen gekauft, was mir unangenehm gewesen war, Zivilfahnder überall, hatte ich gedacht. Wir standen an Deck der Finkenwerderfähre und starrten ins braun aufgewühlte Wasser, Wind in den Haaren, rings um uns riesige schwarze Weite. Es gibt nichts Besseres, als so eine Fahrt nachts auf dem Fluss. Langsam schoben wir uns Richtung Mündung. Rechts der pfeffersackbewohnte Hügel Blankeneses, ein warmer Lichterregen in der Nacht, links die riesigen Hallen von Airbus, auf die wir uns zu bewegten. Und ich passte nicht genau auf, was ich sagte, ich hatte Bier getrunken.

»Irgendwie finde ich es auch schön«, sagte ich. »So groß, fast erhaben.«

»Was findest du schön und erhaben?«

»Das Airbus-Gelände, die Werkshallen. Das ist doch eine beeindruckende Architektur, imposant, richtig schön finde ich das.«

»Bist du jetzt unter die Leni-Riefenstahl-Anhänger gegangen, oder was? Die Olympiade von 1936 hättest du auch schön gefunden oder wie?«

»Vermutlich«, sagte ich lächelnd in die Nacht.

»Ja, du freust dich, wenn dir Airbus hier ein kleines Germania vor die Tür setzt, und dafür bloß ein winziges Naturschutzgebiet, in seiner Art einzigartig in Europa, weichen muss, nur ein winziger, unersetzlicher Lebensraum für vom Aussterben bedrohte Pflanzen, Fische und Vögel.«

Petra zog streng die Augenbraue hoch, aber dann musste sie doch grinsen. Ich sagte nichts, ich lächelte bloß. Ich hätte sagen können, dass das Mühlenberger Loch, um das es in der Auseinandersetzung auch ging, in den dreißiger Jahren erst von den Nazis geschaffen worden war, durch gigantische Ausbaggerungen, dass es da um Messerschmidt-Bölkow-Blohm gegangen sei, dass das Mühlenberger Loch also streng genommen gar keine natürliche Landschaft war, sondern auch eine Kulturlandschaft, Folge eines industriellen Eingriffs, das hatte ich gelesen. Aber das wusste sie selbst besser als ich. Und sie hätte gesagt, dass das überhaupt kein Argument sei, weil sich so nun einmal ein einzigartiges Süßwasserwatt habe entwickeln können, wie es in Europa kaum ein Zweites gebe. Und ich wusste, dass sie mit allem, was sie sagte, immer einmal mehr recht haben würde als ich und dass sie trotzdem schön aussahen, diese gewaltigen, schimmernden Metallhallen in der Nacht, beschienen von Sechstausend-Watt-Scheinwerfern, gigantisch.

Danach hatten wir uns einen Platz am Strand gesucht, nahe der Estemündung, ein kleines, verstecktes Stück Sandstrand, das Mühlenberger Loch vor uns, das tagsüber professionell zugeschüttet wurde, gegenüber das Lichtgeschimmer und Flickern der Kapitänshügelhäuser von Blankenese. Ab und zu schob sich schwarz ein Schiffsschatten vor uns vorbei. Petra bastelte uns einen Joint zurecht, es sah nicht kunstfertig aus, aber ich konnte es auch nicht beurteilen. Sie entzündete ihr Kunstwerk, zog daran und reichte mir ihre Fackel der Freiheit hinüber.

Anschließend hatten wir miteinander geschlafen im Sand, eigentlich recht romantisch, vor uns der dunkle Spiegel des Wassers, leise Brandung, hinter uns der Schutz der Büsche, über uns die Sterne. Aber mich störte der Tabakgeschmack im Mund. Ich bewegte mich in ihr. Im Grunde fühlte ich gar nichts durch das Kondom. Ich wusste schon nach zwei Minuten, dass ich nicht kommen konnte, dass ich niemals mehr kommen würde in ihr, nie. Wir rackerten uns eine Weile ab, mich störte der Sand, der überall zwischen uns war, an uns emporzukrabbbeln schien wie Ameisen. Irgendwann ließen wir es bleiben. Auch Petra hatte schon mal mehr Spaß gehabt, schien mir. Wir saßen halb ausgezogen, halb angezogen nebeneinander im Sand und starrten auf das Wasser. Petra hatte die Knie angezogen und ihre Arme drumgeschlungen.

Wir sprachen nicht und ich fühlte mich auch nicht bekifft, kein bisschen. Ich war bloß müde und ein bisschen enttäuscht, die ganze Elbromantik fühlte sich schal an.

»Ich bin nicht verliebt in dich«, sagte Pet, »nicht mehr, es ist nicht mehr wie früher, da gab es eine Art von Magie zwischen uns, alles war neu und schön, wenn wir zusammen waren, alles war besonders, die Farben leuchteten, die Menschen sagten und taten besondere Dinge, die sich wahrzunehmen und zu teilen lohnten, und du warst auch offener, herzlicher, origineller, präsenter, insgesamt warst du einfach mehr da und besser, fürchte ich.«

Ich sagte bloß: »Hm, ich weiß, das ist nichts Neues.«

»Ich will nicht mehr mit dir schlafen«, sagte sie.

»Ich will auch nicht mehr mit dir schlafen«, sagte ich.

»Wieso?«

»Ich liebe dich nicht.«

»Ich liebe dich auch nicht, dass das klar ist.«

»Klar«, sagte ich.

»Du spinnst«, sagte Petra und seufzte. »Pass bloß auf dich auf.«

»Wieso das denn?«

»Vielleicht können wir ja doch noch mal miteinander schlafen, irgendwann, nur so ein bisschen, wenn uns danach ist.« Petra sah mich nicht an, sie schaute auf ihren Schoß.

Ich sah sie an und wir beide kicherten und griffen nacheinander, hielten uns an der Hand und saßen da im Sand, lächelnd, aber traurig, ich zumindest.

Petra und ich haben Susann in die Mitte genommen. Es sind nur wenige Wagen auf dem Parkplatz abgestellt. Wir stehen neben einem monströs hohen Laternenmast. Ein Gangstertrio bei der Geldübergabe. Ich habe einfach zu viele Filme gesehen, keine Geste ist neu. Ich stehe auf dem Parkplatz, der Koffer mit dem Geld ist mit einer Handschelle an meinem Handgelenk befestigt. Oder: Petra wartet mit verspiegelter Sonnenbrille im Wagen, auf der Rückbank liegt die Sporttasche mit den Drogen, darauf eine handliche Maschinenpistole. In Wahrheit stehen wir aufgereiht nebeneinander und warten. Ich bin aufgeregt. Ich habe ein flaues Gefühl im Bauch. Der Wagen steht woanders, damit er nicht sehen kann, welches Auto wir fahren.

Ein roter Passat biegt auf den Parkplatz, hält ein paar Meter vor uns. Als er aussteigt, kommt mir die Situation albern vor. Er trägt die gleiche Kleidung wie neulich und sieht aus, als habe er darin geschlafen, seit Tagen schon. Er geht auf Susann zu, die ich an die Hand genommen habe. Er beachtet Petra gar nicht. Stumm steht er vor Susann und schaut, er schaut ihr ins Gesicht mit müden, kleinen, roten Augen. Ich kann nicht sagen, dass sie in irgendeiner Weise auf ihn reagiert. Er nimmt sie ungelenk in den Arm, er schlingt sich um sie und sie lässt es geschehen. Er hält sie fest und sein Oberkörper zuckt. Dann lässt er sie los, tritt einen halben Schritt zurück und schaut wieder. Er greift nach Susanns rechter Hand, ich halte die linke, er die rechte.

Er flüstert: »Komm mit mir, Marie, bitte.«

Er schaut ihr ins Gesicht dabei. Ich schüttle den Kopf, ich weiß nicht, ob er es sieht.

»Komm«, sagt er und wendet sich zum Gehen, »komm, wir fahren nach Hause.«

Susann macht einen Schritt auf ihn zu, um ihm zu folgen. Er lächelt ihr ins Gesicht unter Tränen, zieht an ihrer Hand. Ich fasse Susanns Linke fester. Susann will hinter ihm her. Ich weiß nicht, was ich erwartet habe. Ich denke, dass es eine Schnapsidee war, sie ihm auszusetzen. Und auch er tut mir leid. Was soll er tun, als nach der Hand seiner Frau zu greifen, wenn er der ist, für den er sich ausgibt, wenn er an seine Geschichte glaubt?

Ich halte Susanns Hand fest, ich ziehe, ich lasse sie nicht gehen ohne Beweise, niemals, ich muss auf sie aufpassen, ich kann sie nicht dem Erstbesten mitgeben. Ich halte ihre Hand, halte sie fest, und er zieht an der anderen Seite an ihr. Zieht sie auf sein Auto zu, das nur wenige Meter entfernt geparkt steht. Wir ziehen an dieser Frau, die mit angewinkelten Armen zwischen uns steht und in den Himmel guckt, als gäbe es dort etwas zu entdecken, als flöge dort ein Flugzeug durch das Blau, das eine Botschaft für sie zwischen die Wolken schreibt. Es ist ein stummes Ringen, vermutlich ist es ein komischer Anblick, nur ist mir nicht nach Lachen zumute, die Aktion läuft irgendwie aus dem Ruder.

Petra geht auf den ziehenden Mann zu und tritt ihm mit voller Wucht gegen das Schienbein. Sie sagt: »Verpiss dich, du Arsch!«

Er lässt Susanns Hand los und hüpft auf der Stelle, hält sich das Bein. Ich fasse das Ganze nicht. Ich weiß nicht, was mit mir los ist. Es ist so absurd, ich bin wie unbeteiligt. Ich schaue in den Himmel, blau und weiß über dem Parkplatz. Über den Laternenmasten kreisen Möwen, als wäre dies ein Strand und nicht eine Verwahranstalt für Automobile.

Petra steht da mit dem Handy in der erhobenen Hand und sagt: »Okay, das war keine gute Idee, ich habe die Nummer der Polizei eingegeben, Sie verziehen sich jetzt besser.«

»Das könnt ihr nicht machen«, sagt er und schaut mich mit wildem Blick an.

Ich sage nichts. Susann schweigt. Ich zucke mit den Schultern. Max schaut erst mich, dann Petra an. Er schüttelt den Kopf. Sie sagt: »Wir müssen nachdenken, hauen Sie ab, wir melden uns wieder!«

13. Harvest

Unsere Taschen lagen im Kofferraum bereit, der Wagen war vollgetankt. Der rote Passat fährt etwa einhundert Meter vor uns auf der Landstraße. Ich bin nicht sicher, was ich mir davon verspreche. Ich schiebe eine Kassette in den Kassettenschlitz, die ich beim Beladen des Wagens im Kofferraum gefunden habe. In einem Kassettenköfferchen aus braunem Plastik. Neil Young.

Wir befinden uns auf der Bundesstraße 5. Wir schieben uns aus der Stadt hinaus Richtung Osten. Mir würde es auffallen, denke ich, wenn mich permanent ein grünmetallicfarbener Honda Civic verfolgen würde.

Das ist der Plan: Ich verfolge Max heimlich bis zu seinem Haus. Ich will sehen, ob Susann in irgendeiner Weise reagiert. Ich will sehen, wie ich darauf reagiere, wie sie auf mich wirkt, dort bei ihm. Wie eine Marie, eine Susann? Ich weiß nicht, was mich so sicher macht, dass er erst einmal nach Hause fährt und nicht einen Beobachtungspunkt in der Umgebung ansteuert. Ich kann Susanns Magen knurren hören, sie legt ihre Hand auf den Bauch und schaut mich an.

Ich werfe ihr einen Blick zu, als wir die Stadtgrenze passieren, vorbei am Ortsschild. So weit sind wir noch nie gemeinsam gefahren, aber es scheint ihr nichts zu bedeuten.

Ich schaue in ihr Gesicht und plötzlich wird mir klar, was es ist, was mich so oft irritiert, was mich stutzen lässt, ein Aushaken des Bewusstseins, die Worte fehlen, die Gedankenketten reißen ab und lassen mich versonnen und verloren starren. Da, wo bei anderen eine unverwechselbare Identität zu erkennen ist, wo man in ein Gesicht blickt und sich etwas spiegelt, wo man ein Gefühl für die Person bekommt, wo ein

Grundgefühl durchschimmert, eine tiefe Traurigkeit zum Beispiel oder eine grundsätzliche Verlorenheit, schimmert hier nichts durch. Einfach nichts. Da ist nichts, da ist keine Person. Niemand zu Hause. Als würde sie einen Nebel im Gesicht tragen, der alle Züge von Individualität verwischt. Der von ihr Besitz ergriffen hat und alles Vertraute auslöscht. Es erzeugt ein rumorendes Gefühl von Beunruhigung, es nagt an mir, denn durch dieses Etwas im Gesicht, das ein Nichts ist, wird mir das eigene Nichts gespiegelt. Wer bin denn ich im Grunde? Dort, wo alle Zuschreibungen aufhören, die ich mir selbst zu geben gewohnt bin. Ist da etwas, bin ich mir selbst nicht total vage? Wer sagt mir, dass ich nicht Martin sein kann? Etwas in der Art. In ihr Gesicht zu gucken ist wie in einen blinden Spiegel zu schauen, einen Vampirspiegel. Man sieht hinein und erkennt alles, wie es sein soll, sieht den Raum, so wie man ihn selbst wahrnimmt, aber da, wo die eigene Person sein sollte, ist nichts.

»Marie«, flüstere ich und gleich darauf: »Susann.«

Sie wendet mir den Kopf zu.

Bei Lauenburg fahren wir über eine Brücke. Jetzt befinden wir uns in der ehemaligen DDR, ein brauner Fluss, eine alte Brücke, links und rechts grüne Wiesen. Ich denke an eine Zeit, als es hier noch Wachtürme gab und dies nicht einfach nur ein Fluss war, sondern ein Wasser gewordener Minengürtel. Niemandsland, komischer Begriff. Lauenburg war hübsch, eine kleine, gedrängte, rote Backsteinstadt.

Wir fahren unter dem Dach der ersten Allee, links und rechts Kornfelder, sanfte Hügel. Rechts steht meilenweit allein ein Haus aus Backstein, nach vorne grau verputzt. Vor dem Haus liegt ein Hund im Staub, er hat einen Fisch zwischen den Zähnen, zerrt an ihm. Aus dem Garten links vom

Haus flattert uns karierte Wäsche an der Leine hinterher. Vor dem Haus steht ein Lattenzaun. Der Zaun ist abwechselnd ocker und eierschalenweiß bemalt, die Ziegel vom Haus sind grellrot. Wir fahren nach Osten und es liegt nicht an mir, wohin die Reise geht und wie lange sie dauert. Vielleicht hört sie niemals auf, vielleicht geht es immer weiter, Polen, Ukraine, Russland, Mongolei. Vielleicht kehren wir niemals nach Hause zurück. Ich kann tun und lassen, was ich will. Ich schaue Susann an, sie hat die Augen geschlossen, ich lächele. Um uns brachliegende Felder, blühender Mohn, Kornblumen.

Es kann sein, dass ich kurz nicht aufgepasst habe. Aber ich glaube nicht, dass ich eingeschlafen bin. Susann hatte die Augen geschlossen, jetzt schaut sie mich erschrocken aus weit aufgerissenen Augen an. Sie fasst sich in die Haare, wischt sich über die Augen. »Ich habe nicht geschlafen«, sage ich. Ich sehe noch die Rücklichter des roten Passats, monoton einhundert Meter vor mir. Dann machte es rums, und jetzt bin ich von der Straße abgekommen und hänge schief in einem Straßengraben. Die Räder greifen nicht mehr. Blöd. Ich fühle mich wie ein Anfänger.

»Es tut mir leid«, sage ich. »Bleib bitte sitzen.«

Ich versuche, den Wagen, der mit zwei Rädern im Graben hängt, zurück auf die Fahrbahn zu schieben. Es geht nicht, er ist zu schwer. Alles, was passiert, ist, dass meine Schuhe schmutzig werden im Matsch. Es ist unangenehm, eine Woge der Verzweiflung rollt durch meinen Körper, Schwäche, ein widerliches Gefühl breitet sich aus. Ich bekomme Lust, mich neben den Wagen in den Matsch zu kauern. Ich bin so bescheuert. Wir stehen in einem Waldstück, das Laub der Bäume ist dunkelgrün, der Himmel darüber tiefgrau, eben hat es kurz geregnet. Die Autos rauschen in beide Richtungen an uns vorbei. Ab und zu trifft mich ein Tropfen von den Blättern über mir. Ich setze mich zurück ins Auto, überlege, was ich tun soll. Max in seinem Passat ist uneinholbar weit weg. Ich könnte Petra anrufen und mich mit ihr beraten. Ich könnte den ADAC anrufen, aber dann muss ich Mitglied werden unter meinem Namen. Ich könnte meinen Vater anrufen. Ein Hupen schreckt mich aus meinen Gedanken, hinter mir parkt ein weißer Lieferwagen, zwei Männer mit Sonnenbrillen steigen aus. Sie kommen an mein Seitenfenster. Sie tragen *Lübzer*-Pils-T-Shirts, jetzt ist auch eine Frau ausgestiegen, auch sie trägt Lübzer Pils.

»Wir können Sie da rausschleppen«, lacht der eine Sonnenbrillenmann, er lacht Susann durch das Fenster an.

»Das wäre nett«, sage ich.

»Wie lange stehen Sie denn schon hier?«, fragt der Mann.

»Noch gar nicht lange«, sage ich.

»Nicht aufgepasst, wie?«, grinst der andere Brillenmann.

Ich bin ausgestiegen, der Lieferwagen trägt ein *Lübzer*-Pils-Logo an der Seite und auf der Motorhaube.

»Abgelenkt gewesen, wie?«, grinst der zweite Mann.

»Ha«, sage ich, und ich weiß nicht, was das für eine Antwort sein soll. Aber die Lübzerfrau lächelt mir zu. Sie fahren den Wagen vor mein Auto, befestigen ein Abschleppseil an dem dafür vorgesehenen Metallring.

»Danke«, sage ich, als die Sache erledigt ist. »Ich weiß nicht, was ich ohne Sie gemacht hätte. Wollen Sie Geld?«

»Quatsch«, sagt die Frau. »Trinken Sie später ein Pils auf uns!« Die drei lachen.

»Das mache ich«, sage ich.

Wir winken uns zum Abschied zu, nur Susann nicht. Sie lächelt, als ich wieder mit ihr alleine bin.

»Was war das?«, sage ich.

Bei der nächsten Tankstelle kaufe ich eine Karte von Ostdeutschland. Das nächste Örtchen, durch das wir kommen, heißt Pritzier, viel roter Backstein, viel graue Fassaden. Ich parke den Wagen außerhalb des Ortes vor einem Kornfeld, Roggen, glaube ich, aber ich kenne mich nicht so gut aus mit Kornmarken. In der Ferne wühlt sich ein Traktor über das Feld und produziert eine Wolke, die intensiv zu uns herüber duftet, ich mag den Geruch. Ich bin ausgestiegen, ich stehe am Rand des Feldes und denke nach, ich muss jetzt nachdenken. Susann steigt ebenfalls aus und stellt sich neben mich. Es ist schon Nachmittag, die Sonne ist wieder zu sehen, sie malt unsere Schatten auf das Korn. In der Kornwelt sind wir Riesen mit ausufernden Konturen, mit Riesenschritten könnten wir bis zum Horizont aus Korn laufen. Ich schaue Susann an. Ich kann ihr Gesicht nicht richtig erkennen. Ich frage mich, ob sie das kennt, dass man vor einem Kornfeld steht und den Duft riecht, inhaliert, man fühlt sich weit und offen, man guckt in die untergehende Sonne und fühlt Sehnsucht, erinnert sich wehmütig an vergangene Sommer, als man irgendwie noch dichter dran, noch glücklicher war, noch enger, wahrer, aber es ist unwiederbringlich vergangen: Man steht von einer sanft schmerzenden Sehnsucht erfüllt und man denkt, dass die früheren Sommer irgendwie besser waren, erfüllter, damals war man noch ein Kind oder ein Jugendlicher und man lief irgendwo in den Ferien barfuß die staubigen Feldwege entlang, es wurde Abend und man stand am Rand des Kornfelds und alles war Licht und Freiheit und Heimat und Geruch, aber dann fällt einem ein, dass man auch damals schon Sehnsucht nach etwas Vergangenem hatte, als man am Feldrand saß und atmete, und wenn man sich wirklich ganz genau erinnert, weiß man eigentlich, dass man sich auch damals wehmütig an noch weiter zurückliegende Sommer und Kornfelder erinnerte. Dass es wohl immer so sein wird, dass man dasteht und sich nach etwas sehnt, das nicht da ist, dass Kornfelder einfach immer Sehnsucht auslösen, genau wie das Meer, man hat immer Sehnsucht, wenn man auf das Meer blickt, man kann gar nicht sagen, wonach oder wozu.

Ich wende mich ihr zu und sage: »Schön, oder?«

Sie steht ganz eng neben mir.

Und plötzlich greift sie wieder meine Hand. Hand in Hand stehen wir da und schauen über das Feld, unsere Schatten werden länger, und ich seufze innerlich, und es gibt keinen Ort auf der Welt, an dem ich lieber wäre.

Ich habe keine Lust, umzukehren. Und ich habe auch keine Lust, jemanden anzurufen und um Hilfe zu bitten. Ich entfalte die Karte und suche den Punkt auf der Karte, an dem wir Max Braun aus den Augen verloren haben. Allzu weit kann er noch nicht gekommen sein. Außerdem, wenn ich ihn richtig verstanden habe, müsste er aus der Gegend kommen. Mit einem Kugelschreiber ziehe ich einen willkürlichen Kreis ab der Stelle, an der wir ihn zuletzt sahen. Ich betrachte das Resultat. So viele Ortschaften sind das gar nicht. Es ist noch reichlich Zeit, bis es dunkel wird.

Wir fahren auf der Landstraße, bei den Häusern brennt Licht in den Wohnzimmern und Küchen, die Hunde stehen so nahe am Zaun, wie die Ketten es zulassen, sie haben ihre Hütten verlassen und bellen uns aus ihren Dörfern hinaus. Mein Fenster ist heruntergelassen, es duftet nach Abendtau und Sommerstaub, man hört die Schwalben pfeifen und der Himmel ist ein reich verziertes Oval über unseren träumenden Köpfen. In einem Dorf sehe ich ein dämmerig rotes Auto halb verdeckt hinter einem Haus stehen, ich fahre dichter heran und erwecke den Argwohn einer dicken Frau in einem türkisen Kittel, aber es ist ein Renault, ein roter, und danach suchen wir nicht.

Motel. Motel traue ich mir zu. Und ich weiß auch, warum. Wenn ich mich irgendwo auf der Welt zu Hause fühle, dann ist es in Motels und auf Autobahnraststätten. Das liegt an früher. Wenn ich in meine Kindheit zurückblicke, wenn ich darin nach Anzeichen einer glücklichen, einer heilen Kindheit suche, dann muss ich an Autobahnraststätten denken. Familienidylle ist für mich mit dem Geruch von Raststätten verbunden. Eine der wenigen heilen Erinnerungen ist eine Tour, die wir gemeinsam unternahmen, Mutter, Vater und ich, eine Konzertreise. Er sollte irgendwo mit dem Orchester spielen, in Bamberg oder was weiß ich, und wir waren zu dritt unterwegs im VW-Käfer, meine Mutter und ich auf der Rückbank, weil der Kontrabass auf dem Beifahrersitz festgeschnallt war. Das Instrument füllte den halben Wagen aus und ließ meinen Vater eingeklemmt aussehen hinter dem Steuer. Papa fuhr damals einen uralten, dunkelgrünen VW-Käfer, den ich liebte. Wir aßen auf der Raststätte und obwohl es erst Nachmittag war, beschlossen die beiden, dass wir ein Zimmer im Motel nehmen würden und über Nacht bleiben. Sie schickten mich auf den Spielplatz, weil sie alleine im Zimmer sein wollten. Also spielte ich alleine auf dem Spielplatz neben dem Schnellrestaurant, was absurd war. Die Lautstärke, das Kommen und Gehen der Wagen, der Menschen, die vielen Abgase. Und trotzdem blieb ich dort im Sand knien und besah mir alles, bis es finster geworden war. Später konnte ich nicht schlafen, weil es ungewohnt war. Das Rauschen die ganze Nacht, das einsame Rauschen, stiller als jeder andere Lärm. Und am nächsten Tag standen wir in einem endlosen

Stau die Hügel hinauf und hinunter, ich weiß nicht mehr, ob es irgendein Ferienanfang war, jedenfalls ging es buchstäblich keinen Meter vor oder zurück. Die Blechkarawane stand, und irgendwann stiegen die Leute einfach aus ihren Autos aus, und ein paar Meter vor uns war ein Eiswagen im Stau stecken geblieben. Es war ein spontanes Fest auf der Autobahn, die Leute lachten und löffelten das schon geschmolzene Eis aus ihren Bechern, setzten sich an den Seitenstreifen, kamen ins Gespräch miteinander, die Sonne knallte von oben grelles Licht auf alles. Und eigentlich hätte ich quengeln mögen und doch begriff ich irgendwie, dass das eine besondere Situation war, ein reicher Moment, der so nicht wiederkommen sollte. Papa stieg aus und kaufte Eis für uns drei, das Eis war richtig flüssig, und die beiden lächelten sich an, in einem fort beim Löffeln, und ich wusste schon damals, dass es ein glücklicher Tag war.

Dieses Hotel heißt *Mister Motel* und es besitzt eine weiß getünchte Fassade mit schwarzen Fenstern und wehenden Vorhängen und hellblauen und rosafarbenen Neonbuchstaben auf dem Dach.

Ich sage: »Wir möchten gerne ein Doppelzimmer für eine Nacht, bitte.«

Die Dame schaut abwechselnd Susann und mir ins Gesicht. Ich stehe dichter am Tresen, Susann steht einen Schritt hinter mir, die Hände vor dem Schoß gefaltet. Ich kann die Gedanken im Kopf der Frau rattern hören, sie hat rotblonde, am Kopf festgesteckte Locken. Sie lässt mich ein Formular ausfüllen, ich schaue sie scharf an, dann trage ich meinen Namen und eine Adresse ein. Ich schreibe: Martin Daniel. Ich unterschreibe mit zitternden Fingern.

»Ich brauche einen Ausweis«, sagt sie ohne ein Lächeln.

Ich lege meinen Personalausweis vor sie hin und merke,

dass ich rot werde, knallrot, meine Wangen fühlen sich heiß an wie Eis mit Himbeeren. Sie schaut in den Ausweis, sie schaut auf das Formular. Daniel Martin, Martin Daniel. Sie sagt nichts.

»Achtzig Euro«, sagt sie.

Ich lege das Geld auf meinen Perso. Ich komme mir auffällig vor. Ich frage mich, ob man sich das Zimmer zeigen lassen muss, um kein schlechtes abzubekommen. Ich frage mich, ob man das macht, ich glaube, ich habe so etwas im Fernsehen gesehen. Und später legt man Kleingeld in den Aschenbecher als Trinkgeld für das Zimmermädchen.

Das Zimmer ist klein, auf dem Boden liegt Teppich mit roten, weißen und schwarzen Ornamenten. Neben dem Bett steht ein weißer Schrank. Auf dem Bett liegt eine grüne Cordtagesdecke. Über dem Bett hängt ein Bild von einem Kranich. Links und rechts stehen zwei Nachtschränkchen. Die Wände des Zimmers sind beige. Vor dem Fenster steht ein schwarzer Schreibtisch, die Vorhänge sind grün wie die Tagesdecke. Ich stelle die Tasche ab und schaue aus dem Fenster. Man guckt nicht auf die Autobahn. Das hätte ich schön gefunden. Susann und ich hätten vor dem Fenster gesessen, die Ellenbogen auf der Fensterbank abgestützt, die Köpfe gegeneinandergelehnt. Und wir hätten den Autos zugeschaut beim Vorbeisausen, wie Zen, wie Meditation, einschläfernd, beruhigend, das Rauschen der Wagen, die nächtliche Autobahn, Alphawellen im Gehirn. Oder wir hätten Autos einer bestimmten Farbe gezählt, Blaumetallic zum Beispiel, die sieht man kaum noch. Aber man kann das Fenster nicht öffnen. Das Fenster geht hinaus auf einen Parkplatz, nicht auf den, auf dem unser Wagen geparkt ist. Es ist ein Bedienstetenparkplatz, am Eingang ist eine Schranke und es sind nur wenige Autos darauf geparkt.

Es ist ein großes Bett für zwei Personen, keins mit einer Ritze in der Mitte oder so, keine zwei Betten, die zusammengeschoben sind.

Susann ist im Bad, um sich umzuziehen. Ich habe ihr ein weißes Nachthemd mit Spitze in die Tasche gelegt. Ich höre den Wasserhahn rauschen und möchte diesen Moment anhalten, möchte meine heimliche Fernbedienung aus der Tasche klauben und die Pausetaste drücken, um es in Ruhe zu genießen. Susann im Bad, um sich für die Nacht fertig zu machen, und ich im Bett, auf sie wartend, wie ein richtiges Paar, wie ganz normale Leute.

Dann kriecht sie neben mich ins Bett, unter die Decke, wir sehen uns nicht an. Ich warte und wage kaum zu atmen. Ich treibe, ich gleite, unmerklich zuerst, als wäre das Bett in eine Schräglage geraten, als befände ich mich auf einer endlosen schiefen Ebene. Und sie scheint auch in Bewegung geraten, auch sie treibt. Unsere Beine berühren einander, unsere Arme. Ich wende den Kopf und blicke in ihre Augen. Ich fühle ihren Atem, kann ihn riechen, schmecken. Unsere Nasen berühren einander. Unsere Lippen. Unsere Finger bewegen sich, greifen ineinander.

In der Nacht stehe ich noch einmal auf und trete nackt ans Fenster. Ich stehe hinter der Gardine und schaue auf den Parkplatz hinunter. Dort fahren geräuschlos Autos herum, drei Wagen. Sie haben die Scheinwerfer eingeschaltet und eigentlich ist dieses Licht, sind diese Lichtpunkte alles, was man von ihnen sieht. Sie ziehen Kurven dort auf dem schwarzen Parkplatz, sie schreiben mit den Scheinwerfern Kennworte in die Nacht, Botschaften für mich, Bögen, Schlaufen, Ornamente, Ketten, sie zeichnen Muster dort unten, Buchstaben- und Zeichenkonstellationen, verschlungene Konfigurationen.

Ich stehe da und kann die Botschaft nicht lesen. Ich weiß, dass es leicht ist, dass ich es können müsste, aber irgendwie verrutscht alles, und für mich ist es nur ein Lichtballett und nichts anderes. Ich stehe und halte mich an der Gardine fest, als hätte mich ein starker Luftstrom erfasst und drohte mich weit fortzuwehen. Durch das Glas des geschlossenen, nicht zu öffnenden Fensters hindurch tief hinein in das Schwarz über den kreisenden Wagen.

Es war ganz leicht. Es war die natürlichste Sache der Welt. Ich wollte sie mit allem, was mir zur Verfügung stand. Und sie wollte mich. Ich schob ihr Nachthemd hoch und glitt in sie hinein und es war, wie nach Hause zu kommen. Susann hatte sich von mir abgewandt und ich glitt von hinten in sie hinein. Ich hielt ihre Brust in der Hand, wir küssten uns, ich hing an ihren Lippen, sie hatte den Kopf nach hinten gebogen. Ich griff mir ihren Hals, drückte ihn. Ich biss in ihr Haar, kaute eine Strähne. Ich war in ihr und es fühlte sich richtiger an als alles. Ich brauchte mich nicht mal zu bewegen. Ich hielt ihre Brust und sie berührte sich selbst, sie legte selbst Hand an sich und alles war gut. Ich bewegte mich leicht wie ein Tier in ihr, hatte Nagetiergröße, und sie rieb sich selbst und gab Laut mit der Stimme eines Schulmädchens, sie schluchzte, sie weinte, als sie kam. Für mich klang es, als säße sie am Fenster eines Turmzimmers, im Hintergrund eine schwarze Schultafel, auf der drei gefährliche Kreideworte zu lesen waren. Sie saß da in ihrer Uniform und kämmte sich und die Tränen liefen ihr nur so das Gesicht herunter, und ich flog an ihrem Fenster vorbei, kein Brief im Schnabel, vielleicht war ich ein gefiederter Wolf, ich knurrte und griff nach ihrem Körper, knetete, rollte ihn zwischen meinen Handflächen, wie man einen Teig knetet oder Knetmasse formt. Es muss ihr wehgetan haben, aber mir war es gleich. Ich biss in alles, was ich zwischen die Zähne bekam, feucht lief es meinen Mund hinab, ich grollte und knurrte und sie sang und wimmerte und irgendwann schlug die Standuhr in der Ecke mit tiefem Ton und alle Kirchtürme der Welt antworteten mit donnerndem Echo und so ist es geschehen. Ich lag da im Bett, eine Handbreit über dem Laken, leuchtend, offen, wach wie noch nie, und wollte es gleich noch einmal tun, obwohl es zu Ende war für immer.

»Susann«, sagte ich. Und sie sah mir in die Augen. Ich konnte dort das Schwarze glänzen sehen und tief das Blitzen des Funkens in der Schwärze, der alles Wesentliche ausmacht. Ich konnte erkennen, dass sie mich meinte, mich.

Ich liege da mit Henrys Frau im Arm und überlege, ob ich das Nachthemd etwas herunterziehe, um nach einer Tätowierung zu suchen, die nicht da sein sollte. Ob ich nach dem Muttermal unter dem Nachthemd fühle. Aber ich tue es nicht.

»Sue«, sage ich leise und ich weiß, dass es nicht richtig ist.

Am Morgen wähle ich die Nummer von Max Braun. Wir sind aus dem Motel ausgecheckt, schweigend haben wir unser Frühstück im Frühstücksraum gegessen. Ich stehe auf dem Parkplatz neben Henrys Auto und Max Braun gibt mir alle Informationen, die ich brauche.

An der Tankstelle kaufe ich mir eine überregionale Tageszeitung. Auf Seite drei finde ich ein Streitgespräch zwischen einem Vertreter des Schutzbündnisses für den Erhalt der Elbregion und einem Sprecher der Wirtschaftsbehörde. Der Sprecher behauptet, dass es Verbindungen zwischen den Gegnern der Landebahnverlängerung und Vertretern des Airbus-Standorts Toulouse gebe. Den Anwälten der Obstbauern seien geheime Dokumente zugespielt worden, damit in der

Konkurrenz der Luftfahrtstandorte Toulouse und Finkenwerder die Franzosen bessere Karten hätten. Es geht um den Zuschlag bei der Fertigung der neu entwickelten Riesenmaschine, den beide Standorte für sich einfordern. Es geht um Steuermillionen und um geheime Zusagen des Senats. Der Behördenvertreter versucht den Eindruck zu erwecken, als sei der ganze Widerstand gegen den Ausbau der Landebahn von Toulouse aus gelenkt, eine große Intrige, als seien Leute wie Petra Marionetten im Spiel von internen Konzerninteressen, als ginge es da um eine riesige Luftfahrtmafiageschichte.

»Wow«, sage ich.

Der Wirtschaftsfuzzi sagt, es ginge bloß um Geld, man dürfe das Schicksal des gesamten Wirtschaftsstandortes nicht der Willkür einiger klammer Obstbauern überlassen. Man könne nicht ins 19. Jahrhundert zurück und in Finkenwerder bloß Schafe auf dem Deich weiden lassen.

Über Susanns Verschwinden lese ich nichts. In der Zeitung steht nichts über die Entführung einer 32-jährigen, stummen Mutter durch einen jungen Desperado, es gibt keine Fahndungsfotos von Susann und mir, keine Bilder von einer desorientierten, großen Blondine in einer Stewardessenuniform und einem farblosen Dunkelhaarigen um die zwanzig, von irgendeiner Überwachungskamera aufgenommen. Das beruhigt mich irgendwie.

Ich rufe Petra an.

»Dein Vater wundert sich, warum du dich nicht meldest«, sagt sie. »Ich habe unter einem Vorwand angerufen. Du solltest ihm mal ein Lebenszeichen geben.«

»Ja«, sage ich. »Und du solltest dir mal eine Zeitung kaufen. Sieht nicht gut aus.«

»Weiß ich«, sagt Petra.

»Ist schon dieser Mann aus Tilsit aufgetaucht?«, frage ich.

»Häh?«, macht sie.

»Dieser Typ«, sage ich, »der den Airbus-Leuten verkündet, dass ihre Nachkommen von Hunden und Vögeln aufgefressen werden.«

»Du meinst Elia aus Tisbit. Nein, ist noch nicht aufgetaucht, wird aber langsam Zeit.«

Wir schweigen. »Und bei dir?«, fragt sie.

»Nichts«, sage ich und denke an das Nichts, das ich im Arm gehalten habe, ein bewegtes Nichts. »Ich habe die Spur verloren«, sage ich, »aber jetzt ist der Kontakt wieder hergestellt. Aber noch kann ich nichts sagen.«

»Aha«, sagt Petra. »Halt mich auf dem Laufenden, ja?«

»Klar«, sage ich.

Mir ist schwindelig. Nicht mal mehr drei Tage. Die ganze Sache ist etwas groß und konturlos, scheint mir. Ich bekomme unscharf das Bild eines großen, braunen Sees nicht aus dem Kopf, unter dessen Oberfläche ich leben muss. Ich habe ein Atemluftproblem.

14. Das Jahr, in dem wir Kontakt aufnehmen

Wir fahren in das Dorf ein, dessen Name mir Max Braun genannt hat. Vor einer Bude stehen Männer in Gummistiefeln mit großen Bierflaschen in der Hand. Sie sehen dem Wagen hinterher. Es sieht nicht so aus, als würden viele Fahrzeuge mit fremden Kennzeichen durch das Dorf fahren. Auf der Karte habe ich gesehen, dass eine Straße in das Dorf hineinführt, aber keine auf der anderen Seite hinaus. Hinter dem Dorf ist Wald, ein Schießübungsplatz der Bundeswehr, aber dann ist erst einmal Schluss mit Zivilisation. Man kann bestimmt gut Pilze suchen in der entsprechenden Jahreszeit. Es gibt einen See mit einem Waldschwimmbad. Ich stelle den Wagen auf einem zentralen Platz unter riesigen, alten Linden ab. Bäume, die das Auto volltropfen werden mit ihrem Saft. Es wird schwer werden, in so einem Dorf unerkannt zu bleiben. In der Mitte des Platzes steht ein Kriegerdenkmal aus dem Ersten Weltkrieg. Eine Frau mit einem Fahrrad schiebt am Auto vorbei. Sie guckt betont in eine andere Richtung, wo sich ein Wildgehege mit Wildschweinen befindet, davor ein verwittertes Bushaltestellenhäuschen aus Beton. Ich kurbele das Fenster herunter.

»Max Braun«, sage ich, »kennen Sie den?«

Die Frau zeigt auf einen Hof etwas weiter die Dorfstraße hinab.

Ich parke den Wagen so, dass er von der Dorfstraße aus nicht zu sehen ist.

Ich sage: »Bleib du erst einmal hier, dann schaue ich mich mal um, ja?«

Susann hält den Saum ihres Rocks zwischen den Fingern, sie mustert ihn eingehend.

Vor dem Haus steht ein Hund, ein großer, schwarzer. Er ist nicht angeleint oder so, er steht einfach frei da und schaut mich an. Ich überlege, ob ich mich erst noch verstecke und das Haus observiere, ob ich mir einen Reim auf die Gewohnheiten seiner Bewohner mache. Dann beschließe ich, dass das Quatsch ist. Das Haus ist ein großes, altes Bauernhaus mit Fachwerk an der Stirnseite. Es gibt eine Terrasse, die zur Straße hin liegt. Das Grundstück ist von einer baufälligen Mauer aus Ziegelsteinen umgeben. Vor der Terrasse ist ein kleiner Garten, dort endet die Mauer und ein niedriger Metallzaun beginnt. Die Auffahrt auf den Hof ist von einem Metallgatter begrenzt. Die Metallstreben sind abwechselnd gelb und schwarz gestrichen. Hinter diesem Gatter steht der schwarze Hund und schaut mich an. Er bellt nicht. Er knurrt nicht. Er wedelt nicht mit dem Schwanz. Eigentlich zeigt er gar keine Reaktion, er schaut bloß aus tiefen, schwarzen Augen. Er legt den Kopf schief. Ein Susannenhund. Ich gehe an der Mauer entlang, ich trete auf die Terrasse, ich öffne das Gartentor und klopfe an der Eingangstür. Keine Reaktion.

Ich klingle. *Braun* lese ich handgemalt auf dem Klingelschild.

Der Hund ist durch den Vorgarten gegangen und steht jetzt neben mir, riecht an meinem Hosenbein. Er ist sehr groß, er reicht mir fast bis zur Hüfte. Ich fühle mich sehr unbehaglich neben diesem schnuppernden Hund. Ich drücke noch einmal auf die Klingel, im Haus regt sich nichts. Es ist niemand da, scheint mir. Ich trete zurück auf die Straße, der Hund folgt mir. Ich lege den Kopf in den Nacken und betrachte das Haus, es sieht sonderbar unbelebt aus. Der Hund scheint auch zu schauen, er steht neben mir und betrachtet sein Haus. Etwas weiter entfernt die Straße hinunter kann ich den See durch die Blätter von Bäumen schimmern sehen. Ich gehe die

Dorfstraße in diese Richtung hinunter, Kopfsteinpflaster. Der Hund folgt mir, er verhält sich, als würden wir uns seit Jahren kennen. Ich habe jetzt keine Angst mehr, aber ich käme auch nicht auf die Idee, ihn zu berühren. Wir tolerieren uns, so eine Art von Beziehung ist das. Ich könnte ein Experiment mit Susann machen, denke ich, wie die beiden aufeinander reagieren. Aber erst einmal gehe ich zum See, über eine Grasfläche. An anderen Bauernhäusern vorbei. Dann stehe ich am Seeufer. Es ist ein kreisrunder See, es sind vielleicht hundert Meter bis zum gegenüberliegenden Ufer, dort kann ich unter hohen Kiefern die Badeanstalt sehen, eine ältliche Badeanstalt mit Stegen und Baracken aus Holz. Die Badeanstalt ist leer. Es ist kein Badewetter heute. Der See ist ringsum von Wald umstanden. Ein grauer See mit grünem Rand, ein schwerer, grauer Himmel drüber. Es ist sehr still hier. Der Hund sieht mich fragend an.

Plötzlich steht Max Braun hinter mir. Er sagt: »Ich habe mir schon gedacht, dass ihr heute kommt, als du anriefst. Wo ist Marie?«

Ich muss etwas überlegen, bis ich weiß, von wem er spricht.

»Im Auto«, sage ich. »Susann. Der See ist schön.«

»Ja, finde ich auch. Ich schwimme jeden Morgen, bis in den Oktober hinein.«

»Der Hund ist eigenartig«, sage ich. »Aber nicht unfreundlich, komischer Hund, wie heißt er?«

»Was für ein Hund?«, fragt Max Braun. Ich schaue mich um, und auf einmal ist da kein Hund mehr, weit und breit.

»Äh, der Hund«, sage ich lahm, »der schwarze Hund, der das Haus bewacht.«

Max lacht. »Davon wüsste ich aber.«

»Da war ein schwarzer Hund«, sage ich. »Auf dem Grundstück. Er hat mich bis an den See begleitet.« Ich mache eine Geste in Hüfthöhe.

»Okay«, sagt Max mit hochgezogener Augenbraue. »Mein Hund war das nicht.«

»Äh«, sage ich.

»Komm«, sagt er, »lass uns mal meine Frau aus deinem Auto befreien, okay?«

»Äh, ja«, sage ich kleinlaut, weil ich mich etwas ins Hintertreffen geraten fühle.

Als wir zum Auto kommen, ist Susann nicht da. Vermutlich ist sie da, wo der Hund ist. Oder sie sind beide ein und dieselbe Person, Susann und der Hund. Bald wundert mich nichts mehr.

»Scheiße«, sage ich.

»Ach«, sagt er. »Hier gibt es nicht so viele Möglichkeiten, irgendwo hinzugehen, außerdem kennt sie sich ja aus. Wahrscheinlich ist sie nach Hause gegangen, als du nicht wiederkamst. Was soll sie auch im Auto herumhocken?«

»Es sei denn, sie ist wieder abgehauen«, sage ich.

»Quatsch«, sagt er. »Komm.«

In der Wohnstube sitzt Susann auf einem alten Sofa, die Hände auf den Knien, die Beine geschlossen, aufrecht. Sie schaut nicht hoch, als wir eintreten. Wir sind durch das gelbschwarze Gatter gegangen, aber da war kein Hund. Über den Hof gelangt man auf die Rückseite des Hauses, dort gibt es noch eine Tür, die offen stand und in eine große Wohnküche führte. Die Küche war dunkel, die Fenster waren klein und ließen wenig Licht ein. In der Mitte stand ein Tisch, der Raum war erfüllt vom Summen einer voluminösen Heizungsanlage in der Ecke mit silbernem Ofenrohr zur Decke.

Über dem Tisch baumelte ein klebriges Fliegenband von der Decke. Max Braun hat seine Lederjacke an eine Garderobe in einem Flur zur Vorderseite des Hauses aufgehängt. Dann sind wir über eine hohe Schwelle in diese Wohnstube getreten. Susann sitzt unter einem Bild vom See, auf dem Bild sieht man das Seeufer von der Seemitte aus, hinter den Bäumen als Schemen ein Haus, von dem ich mich frage, ob es das ist, in dem wir uns befinden. Die Wohnstube ist voller alter Möbel aus dunklem Holz. Es riecht nach Großmutter. In der Ecke steht eine alte Standuhr, deren schweres Pendel schwingt. Jede Bewegung im Raum auf den alten, dunklen Dielen lässt die Uhr gong- und glockenartige Geräusche von sich geben, als käme bei jedem Schritt etwas aus dem Gleichgewicht.

»Ich koche mal Kaffee«, sagt Max in aller Seelenruhe. Offensichtlich überrascht es ihn nicht, dass sie da sitzt. Für mich beweist das gar nichts, das soll er ja nicht glauben. Ich habe ihn im Verdacht, Susann im Auto gesehen und mit in seine Wohnung genommen zu haben, bevor er mich am See traf, ganz einfach. So doof bin ich auch nicht, selbst wenn mir schwarze Hunde erscheinen, die nicht da sind.

Ich stelle die Omakaffeetasse ab, die Max mir vollgeschenkt hat, ich blättere mich durch das Fotoalbum, das Susann, das Marie als Kind und als Jugendliche zeigt, angefangen von der Geburtsanzeige: Babyfotos, Junge Pioniere, Jugendweihe, Klassenreise in die Tschechoslowakei und später die Bilder aus Berlin, erst noch Hauptstadt der DDR, dann Berlin Ost, Prenzlauer Berg.

Ich sage: »Kann es nicht sein, dass Marie eine Zwillingsschwester hat, dass die beiden Zwillingsschwestern sind, meine ich, Susann und Marie?«

Denn es ist wirklich unglaublich.

»Das ist doch die einfachste Erklärung, und es scheint mir eigentlich die einzig logische zu sein.«

Max schaut mich über den Rand seiner Kaffeetasse an.

»Marie hat keine Zwillingsschwester«, sagt er.

»Es gibt doch Geschichten von Zwillingspaaren, die bei der Geburt getrennt werden durch irgendeinen unglücklichen Umstand.«

»Martin«, sagt er, »ich kenne Maries Mutter. Da war nie eine Zwillingsschwester, sie hätte es ja wohl wissen müssen.«

»Hm«, mache ich. »Und wenn sie einfach Doppelgängerinnen sind?«

»Sie ist es«, sagt er. »Sie ist mir völlig vertraut. Es stimmt alles, die Größe, die kleinen Merkmale, ich bin doch nicht blöd.«

»Und warum schweigt sie dann jetzt?«, frage ich. »Wenn sie Marie ist, warum schweigt sie? Wenn sie Susann ist, kann ich es dir nämlich erklären.«

»Stimmt«, sagt er, »das müssen wir herausfinden. Was hat dieser Henry mit ihr gemacht?«

»Wir müssen klären«, sage ich, »ob Susann an dem Tag aufgehört hat zu sprechen, als Marie verschwunden ist. Das ist doch die Frage. Ob die beiden Frauen miteinander verbunden sind irgendwie.«

Max schaut mich an.

»Kann ein Mensch zweimal existieren, so eine Art kosmischer Doppelbelichtung, in zwei unterschiedlichen Ausführungen, parallel irgendwie, zwei Leben, ein Individuum, Ost-West, ein Irrtum quasi, und irgendwann fällt dem Universum auf, dass es einen Fehler gemacht hat und *puff!* versucht es den eigenen Fehler zu korrigieren?«

Max schaut Susann an, die den Kopf schief gelegt hat und uns spöttisch lächelnd anguckt, da ist ein Funkeln in ihren

Augen. Es ist überhaupt sonderbar, so über sie zu reden, als wäre sie nicht anwesend.

»Du meinst, wie ein Trainer beim Fußball, der versehentlich einen Feldspieler zu viel auf den Platz geschickt hat oder einmal zu viel auswechselt?«

»So in etwa«, sage ich.

»Wusstest du«, sagt er, »dass sich nach der Quantentheorie ein Partikel an zwei oder mehreren Orten gleichzeitig aufhalten kann? Heisenbergsche Unschärfe. Wenn du hinguckst, ist das Partikel ein Teilchen und du kannst ganz genau sagen, an welchem Ort im Raum es lokalisiert ist. Wenn du nicht hinschaust, wenn du den Beobachter ausschaltest, wird das Partikel zur Welle und ist nicht mehr scharf lokalisierbar. Man hat heute sogar schon mit bloßem Auge sichtbare Teilchen fotografieren können, die sich an zwei Orten gleichzeitig befinden. Das kann man auf dem Foto sehen!«

»Aha«, sage ich.

»Nee, das glaube ich nicht«, sagt er. Er pustet in seinen Kaffee. »Dass es dieselbe Frau zweimal gibt, meine ich, in zwei Ausführungen. Glaube ich nicht. Das mit den Quanten, das schon. Aber das andere nicht.«

Ich denke nach, dann sage ich: »Nee, ich eigentlich auch nicht.«

Wir sitzen da und schlürfen Kaffee.

»Hast du nach der Tätowierung geguckt?«, fragt er.

»Äh, nein«, sage ich.

»Ach so.«

»Es ist eine Schnapsidee«, sage ich und meine alles, dass wir überhaupt losgefahren sind, diesen Versuch, dass wir hier sind. »Sie ist nicht Marie«, sage ich, »sie ist einfach Susann. Ich habe keine Ahnung, wer sie ist.«

»Hm«, macht Max.

Wir machen einen Spaziergang um den See. Susann haben wir im Haus gelassen, als wäre sie angekommen, wo sie hingehört. Max hat gerade erzählt, dass Marie schreibt, dass sie Schriftstellerin ist und dass es ihr Haus ist, in dem die beiden leben.

»Was hat sie denn so geschrieben?«, frage ich jetzt.

»Du sprichst in der Vergangenheitsform von ihr«, sagt er, »das solltest du nicht tun. Sie sitzt nämlich jetzt in der Küche.«

»Wir werden sehen«, sage ich.

»Menschenverbesserungsbücher«, sagt er.

»Bitte?«

»Du weißt schon. Bücher mit Tieren, die für die Sehnsüchte von Menschen stehen, Selbstverwirklichungsbücher. Wie man seinen Weg durch das Leben findet. Wie *Die Möwe Jonathan* zum Beispiel. Menschenverbesserungsbücher eben. Sie hat unter einem anderen Namen geschrieben, es war ihr immer etwas peinlich.«

»Und davon kann man leben?«

»Oh ja, sehr gut. Die Menschen wollen so etwas lesen, sie brauchen das. Sie hat das selbst nie für großartige Literatur gehalten. Und sie hätte sich das auch nie träumen lassen. Sie hatte einmal eine Geschichte geschrieben, da war sie noch Studentin. Über eine Amsel, die der eigenen Stimme nicht traut. Und Freunde, denen sie das zeigte, meinten, sie müsse das unbedingt veröffentlichen. Das war vor meiner Zeit. Und dann hat sie Kontakt zu einem Verlag bekommen, der solche Geschichten veröffentlicht. Du kennst das, große Buchstaben, wenig Text, Illustrationen. Und dann hat sich das wirklich gut verkauft. Und seither schreibt sie halt so Zeug. Sie ist etwas zynisch dabei. Sie hat ein männliches Pseudonym, ich bin sicher, dass du zumindest einen ihrer Titel kennst. Na ja, ihr

Zeug verkauft sich wie geschnitten Brot. Die Leute schreiben ihr, sie wollen Rat in allen Lebenslagen. Wenn eine Tochter drogenabhängig geworden ist oder der Lebenspartner unheilbar erkrankt ist. Ich hätte das nie geglaubt, im Grunde leben wir beide davon. Sie sitzt hier im Dorf und denkt sich Geschichten aus, die sie selber dämlich findet, über Menschen und Tiere, und jedes Jahr erscheint so ein Buch. Und wir können wirklich davon leben, verrückt.«

»Hm«, mache ich. »Kann ich mal was lesen?«

»Klar«, sagt er, »die Bücher stehen ja bei uns herum.«

»Hast du mal etwas von dem gelesen, was sie in der Zeit unmittelbar vor ihrem Verschwinden geschrieben hat? Vielleicht gibt das Aufschluss darüber, was sie umgetrieben hat, was genau geschehen ist. Vielleicht kündigt sie etwas an oder so.«

»Ich habe natürlich nachgeschaut, aber bis auf eine Ausnahme sind alle Dokumente auf ihrem Rechner schon mehrere Monate alt. Sie hat an einem Roman geschrieben. Alles Neuere ist verschwunden. Es gibt nur diesen einen kurzen Text.«

Wir gehen eine Weile schweigend an einem Zaun entlang, der das militärische Sperrgebiet vom Seeufer abtrennt. Ein Schild warnt bei Lebensgefahr davor, diesen Zaun zu überwinden. Hinter dem Zaun stehen Vogelbeerbäume ohne Vogelbeeren.

»Ist denn wirklich gar nichts vorgefallen, was ihr einen Grund zum Aufbruch, zum Abhauen gegeben haben könnte?«, frage ich. »Habt ihr euch nicht gestritten oder so? Irgendetwas? Ist nicht irgendetwas Sonderbares passiert?«

»Ich habe mich das immer wieder und wieder gefragt. Ich bin die letzten Tage und Wochen Minute für Minute durchgegangen.«

»Und?«, frage ich.

»Nein«, sagt er und schaut mich fest an. »Ich habe nie etwas gefunden, das ihr Verschwinden rechtfertigen könnte, nichts. Das ist es ja, was mich fertigmacht.«

Ich schaue in sein Gesicht und es sieht ehrlich und ratlos aus. Und trotzdem glaube ich ihm nicht.

»Ihr habt keine Kinder, oder?«, frage ich.

»Nein«, sagt Max. »Es hat nicht geklappt. Aber jetzt ist sie ja auch wieder da, was soll's also.«

»Na ja«, sage ich.

Mein Telefon klingelt.

»Pet«, sage ich, »was gibt's?«

»Das wollte ich dich gerade fragen.«

Ich erzähle ihr, dass ich mit Max Braun um den See gehe, dass wir Susann im Haus gelassen haben.

»Spinnst du«, sagt sie. »Erinnere dich mal, wie sich der Typ auf dem Parkplatz aufgeführt hat.«

»Ach«, sage ich.

»Pass bloß auf, ich traue dem nicht über den Weg.«

»Na ja«, sage ich. »Und du?«

Sie fragt mich, ob ich von dem Gerichtsurteil gehört habe.

»Nein«, sage ich.

»Das Oberverwaltungsgericht hat die Enteignung der Grundeigentümer zwecks Verlängerung der Werkspiste wegen substanzieller Mängel des von der Wirtschaftsbehörde erlassenen Planfeststellungsbeschlusses verboten«, sagt sie. »Die Gemeinnützigkeit ist nicht erwiesen.«

»Hui«, sage ich, weil ich nur halb verstanden habe, was sie gesagt hat. »Glückwunsch, oder?«

»Nur ein Teilerfolg«, sagt sie. »Jetzt geht es erst richtig los. Enteignen können sie jetzt nicht mehr. Jetzt werden sie erst recht versuchen, zu bestechen und die Leute im Dorf gegeneinander auszuspielen. Und sie werden uns öffentlich durch den Schmutz ziehen, ich sage nur: *Bild*-Zeitung, Arbeitsplätze, Globalisierung. Da werden die Leute blind.«

»Tja«, sage ich. Ich bin unendlich weit weg, fällt mir auf.

Sie sagt: »In dem Gutachten ist von 4000 zusätzlichen Arbeitsplätzen die Rede und die Presse druckt diese Zahl, als sei sie ein amtliches Endergebnis. Die Zahl fungiert als zentrales Argument, dabei ist sie nur eine Behauptung und durch nichts belegt. In Wahrheit geht es um ein paar hundert Leih- und Teilzeitarbeitsplätze.«

»Äh, Petra«, sage ich.

Es kommt mir so fern vor. Als wäre ich schon wochenlang fort und käme niemals wieder.

»Viel Glück«, sage ich.

»Tja«, sagt sie. »Ebenfalls. In zwei Tagen bist du zurück, okay?«

»Klar«, sage ich.

Als wir zurück ins Haus kommen, riecht es nach Essen. Ein Topf mit Kartoffeln dampft auf dem Herd. Marie oder Susann steht vor der Spüle und schneidet Steckrüben klein. Sie hat sich umgezogen, sie trägt eine braune Cordhose und ein T-Shirt, auf dem *Blue* steht, ein rosa T-Shirt mit einem grünen Schriftzug. Max lächelt.

»Hier, guck, das ist das Einzige, was ich gefunden habe. Mit Datum. Das hat sie geschrieben, bevor sie verschwunden ist.«

Er hat mich mit in Maries Arbeitszimmer genommen. Maries Blick, wenn sie am Schreibtisch sitzt: Garten, ein Zaun, der das Grundstück vom Nachbargrundstück trennt, davor Stachelbeerbüsche. Ich schaue mich im Raum um, ein grüngraues, altes Sofa, zwei Regale mit alten Büchern, ein

Holzstuhl wie in der Schule, ein Poster von Virginia Woolfe an der Wand.

Max zieht eine Schublade eines Schreibtisches aus den siebziger Jahren auf, ein richtiger Schülerinnenschreibtisch, weiß, mit braunen Griffen.

»Ich habe es ausgedruckt.« Er drückt mir ein Stück Papier in die Hand.

Auf dem Papier steht: »Tief hängende Wolken krochen durch Täler und Schluchten, deckten bewaldete Berghänge zu. Zwischen Wolkenfetzen sah man riesige Felsen liegen. Schlief dort nicht ein Drache? Ein Land, das Platz für Träume lässt. Sie sah sich wieder zusammen mit Jonathan Löwenherz aufrecht auf einem weißen Pferd durch Nangilaja galoppieren, die Lanze für das Gute hoch erhoben. Spürte die Sehnsucht alter Kindertage nach dem wahren Leben in der Brust. Wie wild ist wohl der Drache dort oben im Nebelland? Führt der Weg vom Prinzen zur Prinzessin nicht immer über Drachenblut? Nehme ich die Herausforderung an?«

Ich gebe Max das Blatt zurück. »Schön«, sage ich, dabei finde ich es in Wirklichkeit kitschig. Oder schön und kitschig. Eher ein Beweis, dass Susann nicht Marie ist, denn kitschig ist mir Susann bislang nicht vorgekommen.

»Das spricht doch total dafür, dass sie ihr Verschwinden geplant hat.«

»Ach, ich weiß nicht«, sagt er. »Mein Bauchgefühl sagt mir, dass es nicht so ist.«

Ich schaue noch einmal auf das Blatt in Max' Hand.

»*Die Brüder Löwenherz* ist ein Westkinderbuch«, sage ich.

»Na und«, sagt er. »Meinst du, die haben hier nur Ostkinderbücher gelesen?«

Ich sage nichts und er schaut mich streng an, er macht: »Tsss!«

Max leuchtet mir den Weg mit einer Kerze. Es geht eine steile Holztreppe hinauf, dann durch einen langen, kalten, dunklen Flur, bis wir vor einer geschlossenen Holztür unter dem Dach Halt machen. Max öffnet die quietschende Tür. Dahinter liegt eine Kammer mit zwei Fenstern auf den dunklen See hinaus, eine Kammer mit Dachschrägen und vier alten Betten darin, eines ist bezogen. Max stellt die Kerze für mich auf einen Nachtschrank.

»Falls du nachts mal rausmusst. Aber du hast auch das hier.«

Mit dem Fuß berührt er einen alten Emaille-Nachttopf.

»Gute Nacht«, sagt er.

»Wo schläft denn eigentlich Susann?«, frage ich.

»Marie«, sagt er.

»Wo schläft sie?«

»Es gibt unten noch ein Zimmer, das Kinder-, das Gästezimmer«, sagt er. »Keine Angst, sie schläft nicht bei mir in meinem Bett.«

Dann höre ich seine stapfenden Schritte sich auf dem dunklen Dachboden entfernen. Ich puste meine Kerze aus. Das Licht einer Laterne über der Kopfsteinpflasterstraße wäscht den Raum mit milchigem Licht aus.

Ich liege da und komme zum ersten Mal an diesem Tag dazu, daran zu denken, wie ich vor einer Nacht mit ihr in einem Motelbett gelegen habe. Ich warte eine Stunde, bis ich sicher bin, dass alle Bewohner des Hauses schlafen. Dann schleicht sich der Teil von mir, den ich beschlossen habe Martin zu nennen, in das dunkle Haus hinunter, um den Ort zu suchen, an dem Susann oder Marie zur Ruhe gebettet ist.

15. Saltkrokan

Ich unternehme Spaziergänge um den See und in den Wald hinein. Ich sitze am See mit den Füßen im Wasser. Ich habe nicht das Gefühl, dass ich mich um Susann kümmern muss, sie beaufsichtigen. Sie hantiert in der Küche, schlendert um das Haus oder sitzt auf einem Stuhl in der Sonne und raucht Zigaretten, die sie aus dem Päckchen von Max auf der Küchenfensterbank nimmt. Und Max verbringt seine Zeit im Arbeitszimmer von Marie. Immer wieder kommt er in die Küche, setzt sich an den großen Tisch, um eine Zigarette zu rauchen. Dann schaut er sie mit ruhigem Gesicht an, tiefe Züge nehmend, Susann oder Marie. Mittags treffen wir uns zum Essen in der Küche, nachmittags trinken wir Kaffee auf der Veranda, abends belegen wir uns Brote mit Tomate und Gurke frisch aus dem Garten. Ich bekomme das Gefühl, schon viel länger hier zu sein. Ich sitze im Hof auf dem Rasen mit nackten Füßen in der Sonne und lese wieder Moby Dick, das ich im Bücherschrank gefunden habe, eine sozialistische Ausgabe. Im Nachwort wird erklärt, warum der Walfang eine sozialistische Metapher ist. Ich bekomme das Gefühl, hierher- und dazuzugehören. Wir sind wie eine Familie, und ich genieße es. Ich hinterfrage es nicht, es fühlt sich leicht an, obwohl ich weiß, dass es ein endlicher Zustand ist. Nur ein Tag noch, dann wird Henry zurück in sein Haus kommen, in sein Haus ohne Susann und ohne mich.

Ich schaukle auf einer alten Hollywoodschaukel. Max sitzt vor mir auf einem Hocker mit einem Becher Kaffee in der Hand.

»Vergiss es«, sage ich. »So kommen wir nicht weiter. Es beweist nichts.«

»Na ja«, sagt er. »Du brauchst ja bloß nachzusehen, ob sie das Muttermal und die Tätowierungen hat. Ich habe das gemacht.«

»Hast du?«

»Klar.«

»Wann das denn und wie?«

Max Braun grinst.

»Und?«, frage ich.

»Alles wie es sein soll, wie ich es gesagt habe.«

»Das glaube ich nicht«, sage ich.

»Dann guck doch selber.«

»Das beweist nichts.«

»Für mich schon.«

»Hm«, sage ich. »So kommen wir nicht weiter.«

»Lass uns etwas ausprobieren«, sagt er.

Wir stehen auf einem Sandweg unter den Wipfeln hoher Kiefern, die über dem Weg im Wind die Kronen wiegen. Links und rechts beginnen Hügel, die sich scheinbar endlos hinziehen. Auf den Hügeln wachsen Kiefern, zwischen den Kiefern wächst Gras. Der Sandweg zerschneidet diese Landschaft wie ein gelbes Band, ein gelber Schnitt. An den Stämmen der Kiefern kann man die diagonalen Einschnitte erkennen, unter denen die Glastöpfchen befestigt waren. Aus dem Kiefernharz wurde in der DDR Kunststoff hergestellt. Das hat Max mir erklärt. Der Wind rauscht und knackt durch die mächtigen Kronen der Kiefern, der Himmel hat sich zugezogen. Unter grauen Schemen bewegen sich die Kiefernkronen wogend von links nach rechts und zurück. Max bewegt sich mit hängendem Kopf und trottenden Schritten fort in Richtung des Dorfes, fort von Marie und mir. Mir hat er dasselbe aufgetragen, ich soll mich wegbewegen, in die andere Richtung,

50 Meter weit, bis Susann alleine in der Mitte zwischen uns zurückbleibt. Ich schaue ihm hinterher, wie er sich entfernt, ich seufze. Ich höre mich seufzen, sonst ist nur das Rauschen des Windes in den Kiefern zu hören. Ich schüttle den Kopf, dann drehe ich mich um und gehe. Es kommt mir lächerlich vor, als wäre dies ein Duell mit weichen Waffen, mit Waffen aus Psychologie statt aus Metall. Ich drehe mich um. In der Mitte zwischen Max und mir steht Susann oder Marie mit ihrem blonden Haar. Sie trägt T-Shirt und Jeans. Sie guckt auf ihre Füße, auf keinen von uns, die Arme um ihren Körper geschlungen. Ihr Haar leuchtet golden durch den grauen Wald, wieder ergreift mich eine Woge von diesem Gefühl, dass alles irreal ist. Als käme der Große Auszeichner im Metaphysischen Supermarkt an dieses Waldregal mit seiner Auszeichner-Pistole und klebe ein Schild an dieses Phänomen: Irreal. Hinter der leuchtenden Susann-Marie kann ich klein Max erkennen, der beide Arme hebt.

»Marie«, brüllt er.

Dann herrschen wieder Stille und Rauschen.

»Susann«, rufe jetzt ich, weil ich weiß, dass es von mir erwartet wird, und weil ich neugierig bin. Aber sie reagiert nicht. Sie guckt weiter auf ihre Füße.

»Marie«, brüllt er, »komm zu mir!«

»Susann«, brülle ich, »komm zu mir!«

»Marie, zu mir«, brüllt er.

»Susann, nicht zu ihm, zu mir«, brülle ich und muss grinsen, obwohl es eine ernste Angelegenheit ist.

»Marie, Marie, hierher«, brüllt er, als wäre sie eine Hündin. Es ist zu blöd.

»Marie, äh, Susann«, brülle ich und muss lachen. Marie oder Susann steht in der Mitte zwischen uns, und für mich sieht es aus, als würde sie den Kopf schütteln. Sie sieht erst zu Max, dann in meine Richtung. Und dann macht sie einen Schritt nach vorn und verlässt das gelbe Band der Sympathie. Sie betritt die hügelige Graslandschaft. Sie verschwindet zwischen den sanften Hügeln und hat sich zu keinem von uns mehr umgeschaut. Ich setze mich in Bewegung, trabe zu der Stelle, wo Marie eben noch stand. Max macht das Gleiche, er bewegt sich auf mich zu, wir beide fangen an zu rennen. Wir kommen gemeinsam in der Mitte an und sehen atemlos Susann über einen Hügel schlendern und dahinter verschwinden, mit dem linken Arm den rechten auf dem Rücken festhaltend. Wir gucken uns an, und ich schätze, dass ich mindestens so dämlich aussehe wie er.

»Ist damit jetzt etwas bewiesen?«, frage ich.

»Hm«, macht er.

Dann fängt er an zu lächeln. Er legt mir den Arm um die Schultern.

»Lass uns was essen gehen«, sagt er. »Die kommt schon wieder.«

»Jupp«, sage ich.

Nachts klingelt mein Telefon, ich greife neben mich auf den Nachtschrank.

»Pet«, sage ich. »Was gibt's?«

»Das wollte ich dich gerade fragen.«

»Ich brauche noch Zeit«, sage ich.

»Ach, Daniel.«

»Man müsste mal abklären als Nächstes«, sage ich, »ob die Daten übereinstimmen. Marie ist im April verschwunden, sagt Max. Vielleicht kannst du irgendwie herausfinden, ob es der gleiche Tag gewesen ist, an dem Susann ins Koma gefallen ist.«

»Daniel«, sagt sie.

»Was?«, frage ich.

»Ich habe kein gutes Gefühl bei der Sache. Ich habe das Gefühl, du verrennst dich da in etwas.«

»Wie«, sage ich. »Wir waren uns doch einig, dass wir die Sache aufklären wollen. Du warst doch dabei, du warst doch einverstanden.«

»Ja«, sagt Petra, »aber ich habe es für dich getan. Ich hatte das Gefühl, dass du es nötig hast.«

»Wie?«, frage ich.

»Daniel, ich habe das Gefühl, du kümmerst dich nur so sehr um diese Frau, weil du mit deinem eigenen Leben nicht zurechtkommst.«

»Na toll«, sage ich.

»Du drehst dich auf der Stelle. Du rennst vor dir davon. Wir sind jetzt schon so lange mit der Schule fertig und du hast immer noch keinen Schimmer.«

»Jetzt fängst du auch noch an«, sage ich, »Petra, na super, ich dachte, wenigstens auf dich kann ich mich verlassen.«

»Daniel«, sagt sie. Dann ist es eine Weile still. Ich lausche in das Dunkel um mich herum und stelle mir Petra in ihrem Zimmer vor. Plötzlich kann ich sie schluchzen hören, ganz leise, kontrolliert, wie es ihre Art ist.

»Ich kann das nicht mehr«, sagt sie. »Ich dachte, ich kriege es hin und ich sollte dich nicht hängen lassen. Aber irgendwie geht es über meine Kraft.«

»Pet«, sage ich, »kannst du mir vielleicht mal sagen, worum es geht?«

»Ich kriege es nicht hin«, sagt sie. »Ich sehe nicht ein, dass ich dir hier den Rücken freihalte, während du mit einer anderen Frau ...«

»Petra«, sage ich, »hättest du dir das nicht eher überlegen können? Ich muss doch wissen, was mit Henry und mit meinem Vater los ist.«

»Daniel, ich kriege es nicht hin.«

Wir schweigen.

Sie sagt: »Ich weiß es ja auch nicht, früher habe ich immer an uns geglaubt. Ich hatte dieses Bild von uns.«

»Pet«, sage ich.

»Ich brauche mal eine Pause, ich muss über alles nachdenken.«

Ich sage: »Du bist einer der drei wichtigsten Menschen für mich.«

»Ich weiß«, sagt sie.

»Okay«, sage ich. »Ich komm schon klar.«

Ich sitze da und das Zimmer ist ein schwarzer Mantel, der sich um meine Schultern legt.

Damit ist der Moment gekommen, an dem ich es mir eingestehen muss. Susann ist für mich Marie geworden. Ich kann keinen Unterschied mehr ausmachen. Sie bewegt sich viel natürlicher als in der Stadt bei Henry. Drei Tage sind vergangen und morgen wird er zurück sein. Ich bin so ratlos wie zuvor, nur dass Susann mittlerweile Marie geworden ist. Sie ist nicht mehr die Frau von Henry. Sie ist nicht mehr die Frau, mit der ich im Motel gewesen bin. Ich habe keine Ahnung, was ich mit der Situation anfangen soll. Ich habe sie nie besessen und trotzdem habe ich sie verloren. Ich habe hier nichts mehr zu suchen. Ich könnte sie ins Auto setzen und immer weiter mit ihr Richtung Osten fahren. Jeden Abend würde ich sie ausziehen und sie für meine Zwecke benutzen. Ich kann sie nicht zu Henry zurückbringen. Mit welchem Recht?

Ich habe nicht überprüft, ob sie ein Muttermal auf dem Rücken besitzt und eine Tätowierung auf der Schulter. Dazu bin ich irgendwie nicht gekommen.

Also packe ich meine Tasche. Es ist noch sehr früh. Die beiden schlafen noch, als ich aus dem Haus schleiche. Als ich ins Auto steige, schaut mich der schwarze Hund aus tiefen, dunklen Augen an. Plötzlich ist er wieder da, sitzt neben einem Holunderbusch am Rand des Weges. Wo soll ich hin? Ich kann nicht zurück. Was soll ich Henry sagen? Es geht nicht. Es gibt keinen Ort für mich.

16. Lesender Klosterschüler

Henry ist zurück. Er schließt die Tür auf, stellt die Reisetasche ab, tritt in den Flur, atmet die vertraute Luft ein. Kein Haus auf der Welt, das so wie sein eigenes riecht. Man muss es verlassen haben, um es riechen zu können. Es ist sehr still, aber das ist nicht ungewöhnlich. »Susann?«, ruft er. Er schüttelt den Kopf über sich, lächelt, weil er doch gehofft hat, dass ihre Stimme sich meldet wie früher, etwas widerwillig von oben. Henry erschrickt, weil ihm auf einmal aufgeht, dass er vergessen hat, wie ihre Stimme klingt. Sie war eher tief, versucht er sich zu erinnern, aber den genauen Klang hat er nicht mehr im Ohr. Die Erkenntnis ärgert ihn, doch dann schüttelt er sie ab. Er schaut ins Wohnzimmer. »Martin?«, ruft er, aber ich antworte nicht. Er erklärt es sich so, dass wir noch unterwegs sind, der Wagen steht ja auch nicht vor der Tür, wir machen also einen Ausflug. Er bringt seine Tasche nach oben, schaut sich sein gut aufgeräumtes Haus an. Vielleicht stutzt er kurz, weil die Stille zu tief ist, eine seit Tagen ungestörte Stille, er spürt das intuitiv, er kann es hören, eine Nuance zu viel an Tiefe. Der Staub zu lange nicht durcheinandergewirbelt. Er räumt seine Tasche aus, dann setzt er sich ins Wohnzimmer und macht den Fernseher an, er wartet.

Wie lange dauert es, frage ich mich, bis ihm aufgeht, dass etwas nicht mit rechten Dingen zugeht?

Ich befinde mich auf einer Landstraße, links und rechts von Bäumen bestanden, einer Allee Richtung Norden. Ich kaue an den Fingernägeln meiner rechten Hand, sie sind schon ganz kurz gekaut, fleischkurz. Ich frage mich, ob es richtig war, Susann oder Marie bei Max gelassen zu haben oder ob ich umkehren muss. Ich frage mich, was er jetzt mit ihr anstellt, da ich nicht mehr in der Nähe bin, um auf sie aufzupassen. Dann denke ich wieder an Henry, der nach Hause zurückgekehrt ist und vor seinem Fernseher sitzt und wartet. Das kann nicht lange gut gehen. Dann wieder sage ich mir: Das geht dich alles nichts an, Daniel, das ist nicht deine Geschichte, mach, dass du fortkommst, du hast dich schon viel zu lange mit dieser Sache beschäftigt, das führt doch zu nichts.

Irgendwann wird Henry nervös werden. Dann wählt er meine Telefonnummer. Mein Vater geht an den Apparat.

»Martin«, sagt mein Vater.

Nachdem alle Namensmodalitäten geklärt sind, wundern sich die beiden, wo wir stecken, mein Vater geht davon aus, dass ich bis eben noch ordentlich aufgepasst habe. Die beiden verabreden, dass sie sich jeweils sofort melden, wenn sie etwas von mir oder von Susann gehört haben. Henry legt auf, Zweifel an meiner Verlässlichkeit beschleichen ihn. Warum hat er mir einen verkehrten Namen gesagt, fragt er sich. Und wo ist der Kerl jetzt mit meiner Frau? Henry verbringt eine schlaflose Nacht. Am nächsten Morgen ruft er meinen Vater an.

»Herr ..., äh ..., Martin ..., haben Sie schon etwas gehört?«

Mein Vater verneint.

»Ich rufe die Polizei an«, sagt Henry, »ich mache mir jetzt allmählich Sorgen.«

»Ich auch«, sagt mein Vater, »ja, bitte tun Sie das.«

Also ruft Henry die Polizei an, aber die vertröstet ihn, nimmt den Sachverhalt auf, notiert das Kennzeichen des Wagens usw. Von nun an gelten wir offiziell als vermisst. Vielleicht ruft jetzt mein Vater bei Petra an.

»Petra?«, fragt er, »hast du etwas von Daniel gehört? Wann habt ihr zum letzten Mal miteinander gesprochen?«

»Da muss ich überlegen«, lügt Petra, »das muss schon eine Weile her sein. Wieso, ist etwas nicht in Ordnung?«

»Hm, ich weiß nicht«, sagt mein Vater. »Daniel ist nicht aufzutreiben, weder im Haus von Herrn Windgassen noch hier hat er sich blicken lassen. Die Frau ist auch verschwunden und der Wagen, es wird doch nichts passiert sein, ich mache mir langsam ernsthafte Sorgen.«

»Ach nein«, sagt Petra, »das glaube ich nicht. Sie kennen ihn doch, er ist manchmal etwas durcheinander, aber sonst doch eigentlich immer Herr der Lage, oder?«

»Ja, meinst du?«, fragt mein Vater, und er ist nicht überzeugt.

»Klar«, sagt Petra, aber sie hat ein schlechtes Gewissen, es nagt an ihr, meinen Vater leiden zu wissen, und sie sagt sich, dass es eine beschissene Idee war, mich ins Vage aufbrechen zu lassen und mir ihre Hilfe anzubieten.

»Aber wo soll er denn dann sein, Petra?«, fragt mein Vater. »Vielleicht hat es einen Unfall gegeben. Ich rufe mal die Krankenhäuser in der Umgebung an, ob er dort eingeliefert wurde.«

»Ja«, sagt Petra kleinlaut.

»Sagst du mir bitte Bescheid, wenn er sich bei dir melden sollte?«, sagt mein Vater.

»Das mache ich«, sagt sie mit einer ganz kleinen Stimme, »klar, das mache ich sofort.«

Danach sitzt sie da und schaut auf das Handy, das sie mit mir verbindet. Sie fragt sich, ob sie mich anrufen soll, um mich zur Rückkehr zu überreden. Oder ob sie mich verraten muss.

Würde sie mich jetzt anrufen, müsste ich ihr erzählen, dass ich gerade im Auto sitze und Richtung Ostsee fahre, vielleicht geht es danach weiter Richtung Polen, Baltikum, Russland. Das Auto ist gestohlen, der Fahrer gesucht. Nein, Susann hätte ich nicht mehr bei mir, die hätte ich bei Max gelassen.

»Bei diesem wildfremden Mann?«, würde sie mit einem Ton fragen, der nahelegte, ich hätte sie nicht mehr alle. »Sag mal, spinnst du jetzt komplett?«

»Ja«, müsste ich ihr recht geben.

»Dreh um, schnell«, würde sich mich anzischen, »beeil dich, hol sie ab und bring sie zurück, mach es nicht noch schlimmer, los, komm, denk doch mal nach.«

Und ich würde reagieren wie ein bockiges Kind, obwohl ich wüsste, dass sie recht hätte. »Nein«, würde ich sagen. »Ich kehre nicht um!« Und dabei hätte ich ein grimmiges Lächeln im Gesicht. »Ihr könnt mich alle mal.«

Weiter. Mein Vater ruft alle Krankenhäuser in der Umgebung an, aber ich bin nicht eingeliefert worden, genauso wenig wie Susann. Er ruft Henry an, um ihm das mitzuteilen. Henry will uns suchen fahren, mein Vater bietet seine Hilfe an. Gemeinsam machen sie sich auf zum Zoo und besuchen das Delfinarium, aber uns finden sie nicht.

Ich stelle mir vor, wie die beiden im Delfinarium sitzen und mit leeren Augen die Show angucken und Henry erzählt meinem Vater, dass er Angst vor Delfinen hat.

Danach weiß ich nicht weiter. Ich weiß, dass mein Vater sich die Haare rauft. Dass er da sitzt, vielleicht weint. Henry wird an den Nägeln kauen wie ich. Sind wir Opfer eines Gewaltverbrechens geworden? Sind wir entführt worden? Oder habe etwa ich Susann entführt? Bin ich gar nicht so ein netter, harmloser Typ, wie man immer denkt? Die Polizei wird in alle Richtungen ermitteln. Sie wird auch Petra befragen. Und Henry wird seine Zweifel an meiner Integrität haben. Sie werden uns suchen, mich, denke ich. Die Uhr tickt. Noch habe ich einen Vorsprung. Aber sie sind hinter mir her. Ich habe eine Frau entführt, einen Wagen gestohlen, meine Aufsichtspflicht verletzt. Ich befinde mich auf der Flucht, so sieht es aus.

Ich folge dem Schild, auf dem *Wismar* steht. Ich will ans Meer. Kann schon sein, dass ich vor etwas davonfahre. Ich habe keinen Plan. Susann fehlt mir. Petra fehlt mir. Mein Vater fehlt mir. Ich fehle mir auf eine Art.

Ich will ans Meer, weil es dort viel Sand gibt, in den ich meinen Kopf stecken kann. Ich fahre unter großen, alten Alleebäumen durch, es geht hügelauf und hügelab eine gewundene Landstraße entlang, und ich werde langsamer und langsamer, was mir erst auffällt, als mich ein LKW anhupt. Ich bin fast im Schritttempo gefahren.

Bei einer Haltebucht mit WC kurz vor Wismar halte ich an. Es nützt ja nichts, es bringt mir ja doch nichts. Gerade will ich vor allem meine Ruhe. Ich sitze im Auto und atme vor mich hin. Dann schwinge ich mich aus dem Wagen und gehe zum Abfalleimer hinüber. Ich öffne den Deckel und werfe das Handy, das Petra bezahlt hat, hinein. Ich stelle mir vor, wie es zwischen Schokoriegelverpackungen und Pfandflaschen klingelt. Vielleicht findet es ein dickes Kind, das sich wundert, was ein nigelnagelneues Handy im Müll verloren hat.

Dann fühle ich mich etwas leichter, obwohl es nichts besser macht. Ich schlage die Karte auf und entdecke an der Küste den Ort Rerik. Ich war noch nie in Rerik. In der Schule haben wir mal *Sansibar oder der letzte Grund* gelesen. Ich erinnere nicht mehr viel, nur, dass sich dort in Rerik ein Mann vor den Nazis versteckt. Außerdem geht es um eine Skulptur von Barlach, *Der Lesende Klosterschüler*, der vor den Nazis in Sicherheit gebracht werden soll, nach Schweden. Mein Deutschlehrer hatte uns eine Abbildung vom lesenden Klosterschüler fotokopiert. Er schwärmte davon, dass dieser Klosterschüler absolut vergeistigt, konzentriert und versunken aussähe, subversiv für diese Welt verloren. Ich fand, dass er vor allem glubschäugig aussah. Auf jeden Fall spielt die

Geschichte in Rerik an der Ostsee. Und bislang war das immer nur ein Name für mich, und spätestens jetzt ist mir klar, was meine erste Etappe sein wird.

In Wismar muss ich abbiegen. An der Ampel kommt hinter mir ein Polizeiwagen zum Stehen. Ich habe Angst, dass mein Wagen schon als gestohlen gemeldet wurde und die Polizisten, die jetzt hinter mir herfahren, aufreizend dicht und langsam, mein Autokennzeichen mit dem im Computer registrierten abgleichen. Ich sitze betont aufrecht hinterm Steuer, man soll mir ansehen, dass ich ein korrekter Staatsbürger und Kraftfahrzeuglenker bin. Der Polizeiwagen bleibt mir durch ganz Wismar hindurch auf der Pelle. Ich kann mich gar nicht auf Wismar konzentrieren. Ich fahre an Häusern mit schönen Hansegiebeln vorbei. Kurz hinter dem Ortsschild bleiben die Polizisten am Straßenrand stehen und machen den Warnblinker an, ich bin kurz irritiert, dann aber stelle ich fest, dass es nichts mit mir zu tun hat.

Ich frage mich, ob ich noch richtig bin. Die Landschaft wird zusehends einsamer und leerer. Ich fühle mich, als würde ich mit meinem Auto durch einen weiten Traum fahren. Ein Serengeti-Land der Träume. Man sitzt als Zuschauer sicher in seinem Wagen und kann das Ganze durchqueren als Gast, als Tourist. Das Gefühl der Fremde. Diese Landschaft scheint von überdimensionierten, wesenhaften Strommasten dominiert, riesige Stahlungetüme, die das Land beherrschen, einer reicht dem nächsten mit seinen Armen aus Stahl die dicken Staffelkabel weiter, mit den Armen auf den Schultern stehen sie da und üben ihre Herrschaft über diese wilde Landschaft aus. Zwischen den Strommasten Birken, weiße Büsche, ewig weite Wiesen.

Rerik liegt auf einer Art Halbinsel. Ich nähere mich dem Ort in einer großen Kurve. Links von mir liegt das Haff, ein zahmes Binnenmeer, mit hohem Schilf und Gräsern am Rand. Es sieht aus wie im Dänemarkurlaub, flache Holzgebäude mit Restaurants und Kiosks und Surfboardverleihern. Ich stelle den Wagen gleich hinterm Ortseingang ab. Ich befinde mich auf einer Landzunge, auf einem dünnen Streifen Land, hinter mir das Haff, vor mir eine flache Düne und dann die Ostsee. Keine Bucht, einfach ein langer Küstenstrich, der rechts von mir zu einer Steilküste ansteigt. Der eigentliche Ort befindet sich ebenfalls rechts, dort sehe ich den Kirchturm und ältere Gebäude, nicht nur diese Feriensiedlungsattrappen aus Holz. Ich stehe am Wasser, Wellen lecken den Sand vor mir nass, kleine, plätschernde Ostseewellen. Ich atme Algenaroma ein. Ich hatte irgendwie die Hoffnung, dass alles von mir abfällt, wenn ich nur am Meer stehe und in die Weite schaue, diese Luft einatme, aber dem ist nicht so. Ich stelle fest, dass meine Schultern schmerzen vom Autofahren, weil ich das Lenkrad so umklammert habe.

Ich starre auf dieses gezähmte Meer hinaus und sehe nichts. Ich denke daran, dass, wenn ich nur weit genug schwimmen würde, irgendwann Skandinavien käme, Schweden und Finnland. Und noch weiter nach Osten liegt das Baltikum und von dort ginge es immer weiter bis nach Russland. Wie bei *Raumschiff Enterprise*: Unendliche Weiten. Ein Typ wie ich braucht dafür noch nicht einmal ein Weltall, da reicht schon die Ostsee. Ich stehe hier, und hier ist der Punkt, an dem sich die Welt nach Osten öffnet.

Als es Nachmittag wird, gehe ich zu Fuß in den Ort, um mir eine Schlafgelegenheit zu suchen. Ich betrete eine Pension, die *Weitblick* heißt, das gefällt mir.

Ich lege meinen Ausweis vor, als hätte ich mittlerweile

Routine darin. »Martin Daniel«, sage ich. »Guten Tag.« Ich schaue der Frau hinterm Tresen nicht in die Augen. Gerade ist es mir egal, ob sie mich schon suchen, ob mich irgendjemand sucht oder vermisst.

Abends gehe ich noch einmal an den Strand, es ist noch hell. Ich trete auf die große Mole, den großen Anleger, der weit ins Meer hineinreicht. Ich gehe bis zum Ende, umgeben von grünen, formschönen Wellen, in der Ferne kann man eine sandfarbene Steilküste sehen, vom verschwindenden Licht beschienen. Das Wasser um mich herum ist ein großer, grüner, lebendiger, atmender Organismus. Durchsichtige Quallen wogen in dem Grün herum, sie lassen sich tragen und herumschaukeln wie Kinder auf den Armen ihrer Eltern.

Hier werde ich mich verlieren, beschließe ich.

Später liege ich in Laken, die sich kalt und glatt und zu neu oder zu gut gewaschen anfühlen.

17. Schade

Ich lege meine Sachen auf das Transportband. Etwas zu trinken, Fertigcroissants in einer Plastiktüte, eine überregionale Tageszeitung.

»Du bist nicht von hier«, sagt das Kassenmädchen, als ich an der Reihe bin. Der kleine Supermarkt ist fast leer. Es gibt nur eine Kasse. Eine alte Frau wartet hinter mir. Über der Kasse hängt ein Spiegel, in dem man den ganzen Laden überblicken kann, die Miniaturmilchtheke, den Alkoholbereich. Sie guckt nicht zu mir hoch, als sie es sagt. Sie kaut Kaugummi und liest sich die Schlagzeilen auf der Titelseite meiner Zeitung durch.

»Nein«, sage ich und blicke auf ihren rotblonden Seitenscheitel herunter. »Habe ich ja auch nicht behauptet, oder?«

Erdbeerblond sagt man zu solchen Haaren. Sie hebt ihr Gesicht jetzt doch und tut, als würde sie lächeln. Sie kneift die Augen künstlich zusammen. Ich kann die Augenfarbe nicht erkennen, blau oder grün. Mir fällt auf, dass sie einen enorm breiten Mund hat. Er sieht schon in geschlossenem Zustand imposant aus. Sie trägt einen hellblauen Kittel mit einem Namensschild darauf, darunter ein ärmelloses Top. Es sieht aus, als würde sie nur den Kittel tragen. Auf dem Namensschild steht: *Frl. Schade.*

»Musst dir ja nicht gleich was drauf einbilden«, sagt sie. »So selten ist das hier ja nun auch nicht, ist'n Ferienort hier, weißt du.«

»Ist mir schon aufgefallen«, sage ich und grinse.

Sie grinst zurück und macht eine Kopfbewegung, damit ihr die Haare aus dem Gesicht fliegen. Ich weiß nicht, ob dieses Lächeln echt ist. Sie hält die Tüte mit meinen Croissants in der Hand, als wolle sie sie nicht mehr loslassen. Ich hätte gerne, dass sie mal den Mund aufmacht und mir zeigt, wie breit er wirklich ist. Aber ich kann sie wohl schlecht darum bitten. Die alte Frau hinter mir in der Schlange schnaubt genervt.

»Ist das dein echter Name?« frage ich. »Fräulein Schade?«

»Aber klar«, sagt sie mit einem routinierten Gesichtsausdruck, vermutlich wird sie jeden Tag dreimal von Touristen danach gefragt. »Ist der Mädchenname meiner Mutter, ich kann also streng genommen nichts dafür.«

»Schön«, sage ich.

»Schön bescheuert«, sagt sie. »Bleibst du länger?«

»Mal sehen«, sage ich.

»Bist du alleine da?«

»Äh, ja.«

»Wollen wir uns später sehen?«

Die Oma hinter mir seufzt, traut sich aber nicht, etwas zu sagen. Schade holt den Kaugummi aus ihrem Mund. Dabei hält sie ihn länger offen und lässt mich einen Blick auf ihre Zunge werfen. Sie hat ein Zungenpiercing. Sie nimmt den Kaugummi und klebt ihn unterhalb der Kasse gegen die Wand. Ich kann nicht sehen, wohin, vermutlich befindet sich dort schon ein Kaugummimassengrab, eine echte Erhebung.

»Klar«, sage diesmal ich.

»Du kannst mich abholen, wenn ich Schluss hab«, sagt sie. »Um sechs.«

»Okay«, sage ich und lächle. »Ich bin da. Was bekommst du?«

Sie guckt mich verständnislos an. Ich zeige auf die Dinge, die ich kaufen will. Sie folgt meinem Blick und guckt, als wäre es ein echtes Wunder, das sich etwas auf ihrem Förderband niedergelassen hat.

»Lass man gut sein«, sagt sie dann und guckt mir tief und

ernst in die Augen. Sie sind gleichzeitig blau und grün, dicht an der Pupille grün, dann türkis – und außen ist ein blauer Ring.

»Danke«, sage ich. Sie lächelt bloß müde.

Ich setze mich in ein Café, weil ich nicht weiß, was ich sonst tun soll. Den ganzen Tag spazieren gehen kann ich auch nicht. Ich bestelle einen Milchkaffee und lege mein Buch auf die Tischplatte. Ich denke daran, wie mein Vater bei Petra anruft, ob sie mittlerweile etwas von mir gehört habe. Petras Vater ist dran. Petra hat ihm nichts von mir und meinem Verschwinden erzählt. Also tut mein Vater es, und Petras Vater ist bestürzt.

»Kann ich etwas für dich tun?«, fragt er meinen Vater.

»Das ist nett«, sagt mein Vater, »aber was willst du denn machen? Willst du für ihn beten, oder wie?«

Anschließend spricht Petras Vater mit Petra. »Was ist denn das für eine Geschichte mit Daniel da?«, fragt er seine Tochter. Er schaut sie durchdringend an, weil er seine Tochter genau kennt und sich vorstellen kann, dass sie mehr über die Sache weiß, als sie bisher zugegeben hat. Er setzt sich zu ihr und kocht sie weich.

Er sagt: »Wenn du irgendetwas darüber weißt, dann sag es mir jetzt. Jetzt ist die Gelegenheit, erleichtere dich, du wirst sonst nicht mehr froh. Und später ist der Moment vorüber.«

Dann denke ich an Marie oder Susann auf dem Hof von Max Braun, und ich bekomme ein ganz weiches, flaues Gefühl im Bauch, das mir, wenn ich mir Details ausmale, immer weiter in den Unterleib kriecht. Aber ich will nicht daran denken.

Eine ältere Frau setzt sich zu mir an den Tisch und erkundigt sich nach dem Buch, das ich in meinen Händen halte. Ich habe es in der Buchhandlung am Ort gekauft. Ich weiß nicht, was ich antworte, irgendetwas. Sie empfiehlt mir, Bücher von Anselm Grün zu lesen, der habe Antworten auf alle Fragen.

»Aha«, sage ich.

Ich schaue die Frau genauer an, eine ältere Dame mit einer Brille. Sie trägt ein lavendelfarbenes T-Shirt, auf dem in geschwungener Schrift *MTV* steht. Mit etwas Fantasie kann ich mir vorstellen, dass sie mal eine hübsche Person gewesen ist, vor urlangen Zeiten.

»Sind Sie ganz alleine hier?«, fragt sie.

»Ja«, sage ich.

»Das ist aber ungewöhnlich in Ihrem Alter«, sagt sie.

»Tja«, sage ich.

»Was machen Sie sonst?«, fragt sie.

Ich sage: »Nichts«, und dass ich jetzt lieber lesen möchte.

Sie schaut mich an, dann rührt sie lächelnd in ihrem Kakao.

Als sie gegangen ist, denke ich, dass sie eigentlich nett gewesen ist. Ich habe keine Übung im Umgang mit Frauen in dem Alter. Ich denke daran, wie es wäre, mit meiner Mutter an einem Cafétisch zu sitzen, heiße Schokolade, gleich ein Spaziergang am Meer. Ein gemeinsamer Urlaub, viel Wind, wenig reden, alles selbstverständlich und geborgen, Tritte auf leere Muschelschalen am Strand.

Um sechs stehe ich vorm Supermarkt und warte auf ein Mädchen namens Schade. Als sie vor mir steht, lächelt sie kurz, um anschließend ernst an meiner Schulter vorbeizugucken. Sie trägt das ärmellose Top und orangene Hotpants darunter.

»Und jetzt?«, fragt sie und sieht auf einmal sehr jung aus und viel weniger selbstbewusst als hinter der Supermarktkasse.

»Weiß nicht«, sage ich, »ist ja deine Stadt.«

»Kaff«, sagt sie.

»Hast du Hunger?«, frage ich.

»Nein«, sagt sie, »nie.«

»Zum Strand?«, frage ich, weil es mir das Naheliegendste scheint, wenn man schon mal am Meer ist.

»Klar«, sagt sie, »warum nicht.«

»Also, was machst du hier?«, fragt sie, als wir einen staubigen Weg zwischen Heckenrosen hindurch Richtung Steilküste gehen.

Ich erzähle ihr, dass mein Name Martin ist und dass ich einfach mal ein paar Tage wegmusste, Urlaub von zu Hause. Ich sage ihr, dass ich aus Berlin komme, und sie sagt, dass Berlin cool sei. »Ich weiß«, sage ich, »das sagen alle.« Eigentlich muss ich gar nicht viel erzählen, denn das wenige, was ich sage, reicht ihr vollkommen. Sie will wissen, wie alt ich bin und ich sage 20 und das scheint ihr zu gefallen. Sie erzählt mir, dass sie 16 sei und gerade die Realschule beendet habe und der Job im Supermarkt nur ihr Ferienjob sei. In Berlin sei sie auch öfter, dann gehe sie gerne ins 40*seconds* und in die 11*'n'Lounge.* Ihr Lieblingscocktail sei *Swimmingpool.*

»Ah«, sage ich.

»Wo wohnst du?«, fragt sie. Und ich gucke sie fragend an, weil ich gerade erzählt habe, woher ich komme, und ich frage mich, ob sie meine Lügen durchschaut. Aber dann wird mir klar, worauf sie hinauswill.

»Weitblick«, sage ich.

Schade wirft den Kopf in den Nacken, dass die dünnen roten Haare fliegen.

»Willkommen daheim«, sagt sie, »der Laden gehört meiner Mutter. Welches Zimmer?«

Ich sage ihr die Nummer und sie lächelt.

»Na, dann kann ich dir ja morgen das Frühstück ans Bett bringen.«

»Und dein Vater?«, frage ich.

»Gibt es nicht«, sagt sie und ich frage nicht weiter.

Am Strand gehen wir erst etwas spazieren. Sie zieht ihre Schuhe aus und lässt sie, wo sie steht, im Sand liegen. »Die hole ich später«, sagt sie, als ich fragend gucke. Dann sitzen wir eng nebeneinander im Sand, es wird kühl, weil die Sonne schon sehr tief steht, und mir wird unbehaglich, weil wir uns jetzt eigentlich küssen müssen, weil man das erwartet, wenn man romantisch am Strand entlanggeht. Weil sie es von mir erwarten wird. Und ich habe noch nie gewusst, wie man das macht. Wie man den Schalter umlegt. Wie man den Abstand verkürzt, die Kluft überwindet. Wie man irgendwann aufhört zu reden und handgreiflich wird.

Es ist wie früher im Schwimmbad, man ist zwölf und noch nie vom Dreimeterbrett gesprungen, man steht auf dem Brett und hinter einem hat sich eine Schlange gebildet, kleine Mädchen, ältere Jungs, die johlen, es ist erniedrigend, und einer sagt: »Du darfst nicht nach unten gucken, du darfst nicht nachdenken, du musst einfach den Schritt machen!« Drei Minuten steht man mutterseelenallein vorne an der Kante und blockiert den Verkehr, bevor man wortlos wieder hinunter steigt.

»Und warum bist du nun wirklich hier?«, fragt mich Schade. Sie hat sich vorgebeugt, die Hände auf den Kniescheiben. Sie schaut mich interessiert an. Ich sehe ihren Lippen zu.

»Ich bin auf der Flucht«, sage ich.

»Wovor?«, fragen ihre Lippen.

Ich sage: »Eine Frau. Eine ältere Frau.«

Sie nickt, das glaubt sie mir, die Antwort befriedigt sie.

»Und warum musst du fliehen? Hast du etwas Schlimmes angestellt?«

»Sie ist verheiratet«, sage ich.

»Au«, sagt sie. »Merde.«

Ich sage nichts und sie lässt sich nach hinten auf ihre Ellbogen fallen. Wir haben uns noch immer nicht geküsst. Vielleicht ist es jetzt zu spät, die Stimmung hat sich verändert. Wir schauen dem Ostseewasser dabei zu, wie es türkiser wird, der Himmel oranger.

»Probier mal«, sagt Schade schließlich. Sie hält mir etwas auf ihrer Handfläche hin, kleine schwarze Steine.

»Was ist das?«, frage ich.

»Psychedelische Trüffel. Die habe ich von einem Freund aus Berlin.«

Davon habe ich noch nie gehört, psychedelische Trüffel. Ich blicke in ihr Gesicht, ob sie mich verarschen will. Ich rieche an den Steinchen, sie riechen nach nichts. Schade nimmt drei davon und zerkaut sie krachend. Ich probiere ebenfalls einen. Wenn man sie erst einmal zerbissen hat, schmecken sie pilzig. Oder als würde man Moos kauen. Nicht uninteressant. Muffig, waldig. Wir teilen uns alle Trüffel, die sie in der Hosentasche hat. Eigentlich halte ich nicht so viel von Drogen, aber seltsamer als zuletzt kann es mit diesen Dingern auch nicht werden.

Wir liegen im Sand und der Himmel wandert über unseren Köpfen hin und her. Er führt da oben eine Art Schultheater für uns auf, etwas ungelenk, viel wehende Gewänder, in der Art griechischer Tragödien.

Irgendwann küssen wir uns, es passiert ganz einfach. Ich springe vom Sprungturm, lange bin ich in der Luft, ich frage mich, ob ich jemals unten ankommen werde oder angekommen bin. Ich blicke aufs Meer, das schwarz und unglaublich plastisch geworden ist. Ein weiter Meerraum, dem man seine unverschämte Tiefe ansieht. Ich bin sehr wach jetzt.

»Zu mir oder zu dir?«, fragt mich Schade und ich lache statt einer Antwort.

Wir laufen durch den Ort und Schade trägt ihre Schuhe in der Hand, ohne dass ich gesehen habe, wie sie sie aufgehoben hätte, sie müssen ihr in die Hand geflogen sein, ein wohldressiertes Paar Schuhe. Die Häuser weichen zurück in die Vorgärten, wenn wir nahen, und das Licht der Laternen legt sich appetitlich um ihre Giebel, schmiegt sich in das Laub der Bäume, schmiert sich auf ihre Substanz wie eine Paste auf eine Scheibe Brot, dass man über alle Oberflächen lecken möchte und sich nur noch von Licht ernähren.

Als wir vor dem *Weitblick* stehen, als sie den Schlüssel in der Hand hat, als wir durch den dunklen Flur nach hinten in den privaten Bereich schleichen, hält mich Schade an, blickt mir von sehr dicht in die Augen und flüstert: »Ich habe einen Freund.«

»Oh«, flüstere ich und denke: Na toll, und will schon kehrtmachen und die Treppe zu meinem Zimmer hochsteigen, aber dann verstehe ich mit meinem Trüffelkopf, dass sie es nur sagt, um es gesagt zu haben, damit ich mich später nicht beschweren kann, falls ich doch etwas Ernstes möchte, und damit sie nicht schuld ist, denn eigentlich ist sie treu und sie hat sich gewehrt, aber ich habe mich nicht abhalten lassen, auch nicht von dieser Mitteilung. »Oh«, sage ich noch einmal, »okay«. Und ich frage mich kurz, ob ich ihr etwas sagen müsste, ob ich mich jemandem verpflichtet fühlen sollte, aber mir fällt nichts ein.

Dann zieht sie sich aus für mich in diesem Mädchenzimmer, sie dreht sich vor den Postern von Beyoncé, vor Sarah-Kay-Puppen und Cheerleaderbommeln, sie dreht sich nackt und ihr Körper glänzt und ich strecke meine Hände nach ihr aus.

Ihr Mund ist wirklich groß. Sie öffnet ihn für mich auf ihrer Satinbettwäsche, und ich sehe ihn vor mir riesengroß, und wieder springe ich, springe in diesen Pool, lange bin ich unterwegs, und dann komme ich an und tauche ein und bade schwarz in Schwärze.

»Schade«, sage ich irgendwann in der Nacht, als es hell wird. Ich liege da und betrachte dieses fremde Mädchen im Licht und bin weit davon entfernt einzuschlafen oder einschlafen zu können. Ich liege und warte auf den einen Moment, der irgendwann da sein wird. Ich werde hellwach und gefasst sein. Ich werde wissen, was ich zu tun habe. Der Moment wird groß wie ein Haus sein, wie ein Lastkraftwagen, wie ein Baum, eine Wolke, ein Schiff, und ich werde klein sein wie ein Mensch, hilflos und ausgeliefert.

»Guten Morgen, ich muss los«, sagt sie und stellt ein Plastiktablett mit einem Becher Kaffee und einem Croissant neben mich auf das Laken. Sie ist schon angezogen und schaut auf mich herab. Aus der offenen Zimmertür kann man das Radio hören, das in der Küche vor sich hindudelt.

»Ich muss jetzt zur Arbeit, du kannst hier noch rumliegen, du kannst mich später besuchen«, sagt sie in einem Ton, der wie eine Feststellung klingt, nicht wie ein Vorschlag, nicht wie eine Bitte oder eine Frage.

»Ja«, sage ich.

Sie beugt sich herab und küsst mich fahrig auf die Stirn. Sie schaut mir nicht in die Augen.

»Deine Mutter?«, frage ich.

»Wirst du nicht treffen.«

»Wie heißt du eigentlich mit Vornamen?«, frage ich, als sie schon in den Flur verschwinden will.

»Melanie«, sagt sie. »Wieso? Habe ich das nicht gesagt?«

Ich höre sie im Flur herumhantieren. Die Musik im Radio ist unterbrochen. Die Sprecherin sagt: »Gesucht wird die 32-jährige Susann Windgassen. Frau Windgassen ist 1 Meter 83 groß und schlank. Sie ist vermutlich mit einem dunklen Rock und einer hellen Bluse bekleidet, die Kleidung ähnelt einer Stewardessenuniform. Frau Windgassen ist geistig verwirrt. Sie bedarf dringend medizinischer Hilfe. Sie könnte sich in Begleitung eines 20-jährigen jungen Mannes mit dunklen Haaren von gleicher Körpergröße befinden. Sachdienliche Hinweise nimmt das nächste Polizeirevier entgegen.«

»Bis später«, ruft Schade im Flur.

Obwohl es regnet, mache ich einen Gang am Meer, der Regen tränkt meine Kleidung, aber es spielt keine Rolle. Ich gehe an der Steilküste entlang, der Kies und die Algen knirschen unter meinen Füßen. Irgendwie tut es mir gut, dieses Knirschen. Ich gehe und mit jedem Schritt löst sich etwas in mir, das rhythmische Rauschen macht meinen Kopf frei. Irgendwann geht es nicht mehr weiter. Quer über den Strand steht ein Zaun, versperrt den Weg, ein rostiger Metallzaun mit dicken Holzbohlen. Der Zaun reicht von den Dünen bis weit ins Wasser hinein. Am Zaun ist ein Schild angebracht: *Lebensgefahr. Betreten strengstens verboten. Munitionsbelastetes Gebiet. Explosionsgefahr.* Hinter dem Zaun geht der Strand ganz normal weiter, bis die Küste eine Biegung macht. Ich würde gerne weitergehen, immer weiter am Strand entlang, den Windungen der Küste folgend, gehen und gehen, bis meine Beine müde werden, und immer gespannt, was hinter der nächsten Küstenwindung kommt, diese eine Windung noch, noch diesen einen Ausblick einsammeln. Aber da ist dieser Zaun. Hinter den flachen Dünen, da wo die Bäume beginnen, steht eine Reihe von Einzelhäusern mit roten Spitzdächern. Sie stehen in einer Linie, als wären sie von einem Gärtner angepflanzt, blicken mit hohlen Augen in dieselbe Richtung, in meine Richtung, glotzen mich an. Unbewohnte Häuser, grau, Häuser als Zielscheiben, nehme ich an. Die Fensterscheiben fehlen, schwarze Rechtecke in der grauen Fassade. Mit Petra würde ich über den Zaun klettern, um diese falschen Häuser genauer unter die Lupe zu nehmen, diese Wohnattrappen, zwischen ihnen herumschleichen im Bewusstsein, etwas Gefährliches und Verbotenes zu tun. Aber alleine habe ich keine Lust, von irgendeiner Granate zerrissen zu werden. Ich klettere nicht über den Zaun. Ich kehre um. Ich gehe nicht zum Supermarkt. Ich gehe nicht über Los. Ich gehe direkt in mein Pensionszimmer.

Ich sitze in meinem Zimmer und starre meine Füße in den grauen Socken an. Ich habe keine Lust, irgendein Mädchen zu besuchen oder abzuholen. Ich schalte den Fernseher ein. Der Schirm über der Nachttischlampe ist aus hellgrünem Stoff.

Nachts wache ich auf. Ich blicke mich im Zimmer um, sehe es hinter den zugezogenen Vorhängen viel zu früh dämmern. Ich liege da mit dem Arm unter dem Kopfkissen und kann nicht mehr einschlafen, fühle mich hohl und zerbrechlich, als wäre ich ein Schokoladenweihnachtsmann, seltsam leicht und leer, ein süßlicher Geruch geht von mir aus, ein sonderbares, aber gar kein schlechtes Gefühl.

Ich liege da und merke, dass der Moment da gewesen ist. Er kam und verging, ohne bemerkt zu werden.

Ich stehe auf und dusche. Ich räume meine Sachen zusammen. Ich verzichte auf das Frühstück. Es ist noch früh, keine sieben Uhr. Ich bezahle für die beiden Nächte, dann verlasse ich die Pension.

Ich sitze im Auto, weil ich weiß, was ich zu tun habe. Ich

wusste es die ganze Zeit, aber jetzt ist der Moment, an dem ich es tun kann, an dem ich es in die Tat umsetzen kann. Es ist keine große Erkenntnis oder so, es ist ganz einfach das Naheliegendste.

Vielleicht ist es noch nicht zu spät.

Ich fahre zu schnell, 80 darf ich fahren, aber ich fahre beinahe 120. Ich fühle mich gut jetzt, ich bin aufgeregt, aber erleichtert, dass ich mich entschieden habe.

Ich will jetzt ich sein, vielleicht Daniel, aber das ist egal. Ich will das mit Bedeutung füllen.

Und es ist egal, welchen Namen ich ihr gebe. Sie ist einfach eine Frau, die nicht spricht, die niemandem gehört, die niemandem jemals wieder gehören will und deshalb aufgehört hat zu sprechen, die eisern ihre Klappe hält. Die nichts ist, weder die eine noch die andere. Etwas, das sich keinen Namen geben lässt.

Das ist ungeheuerlich. Das ist groß.

Wenn sie mehr als eine Person sein kann, gleichzeitig hier und woanders, steht auch mir die Tür in alle Richtungen offen.

Susann. Marie. Es ist egal. Es geht mich nichts an. Ich bin nicht verliebt in sie.

Ich schalte das Autoradio an. Im Radio läuft *Heroes* von David Bowie. David Bowie singt: *I, I wish I could swim, like the dolphins, like dolphins can swim.* Ich drehe das Radio aus, bevor er singen kann, dass er König sein wird und sie Königin und dass sie sie selbst sein werden und Helden für einen Tag.

Bei derselben Haltebucht vom Hinweg halte ich an. Ich stelle den Wagen ab und laufe über die Landstraße auf die andere Seite. Ich hebe den Deckel vom Mülleimer hoch. Ich schaue auf Getränkedosen und Papier, Apfelgriebe hinunter.

Ich habe keine Lust, im Dreck herumzuwühlen, mir die Finger schmutzig zu machen. Ein silberner Subaru hält keine zwei Meter vom Mülleimer entfernt. Die Familie darin starrt mich an. Vater und Mutter vorne, zwei Jungs auf der Rückbank, die sich die Nasen an der Scheibe platt drücken. Ich stehe da mit einem Mülleimerdeckel in der Hand.

18. Ende der Ferien

Ich parke Henrys Auto vor dem Bushaltestellenhäuschen aus Beton. Plötzlich überkommt mich noch einmal eine große Unsicherheit. Ich mache ein paar Schritte in Richtung des Dorfplatzes, wo die großen, alten Linden stehen. Ich lasse mich mit Lindensaft volltropfen, vielleicht hilft das. Ich stehe da und atme. Der Himmel verdunkelt sich. Es beginnt zu regnen. Ich gehe zum Auto zurück. Ich setze mich ins Auto und löse den Wagenschlüssel von meinem Schlüsselbund. Ich lege ihn auf das Armaturenbrett.

Dann gebe ich mir einen Ruck. Meine Füße arbeiten sich wie zwei Fremdkörper am Kopfsteinpflaster ab, schwere, plumpe Marionettenfüße. Ich spüre körperlich, wie ich aus den Fenstern beobachtet werde. Hinter den Gardinen sitzen sie und schauen mir zu, wie ich gehe. Sie haben den Telefonhörer am Ohr, um die letzten Informationen an das zuständige Polizeirevier weiterzugeben: ›Er geht jetzt hier die Straße entlang, ja, er befindet sich jetzt auf der Höhe von Lüdemeyers Hof, Moment, er verschwindet jetzt hinter dem Ahorn, nein, jetzt kann ich ihn nicht mehr sehen, ja, freut mich, dass ich Ihnen helfen konnte, auf Wiederhören.‹

Wie High Noon im Western, die Straße leergefegt.

Ich betrete das Haus über die Veranda. Ich betrete die große Küche, aber dort sind sie nicht. Ich öffne quietschend die Tür zum Großmutterzimmer. Susann oder Marie sitzt im Lehnstuhl, im Rücken die Standuhr, auf ihrem Schoß liegt eine aufgeschlagene Zeitschrift, eine Frauenzeitschrift. Sie trägt einen Blaumann, einen Monteursanzug. Der Anblick macht mich sprachlos. Sie liest nicht, sie sieht aus dem Fenster. Und dann dreht sie den Kopf, erst nachdem ich ins Zimmer getreten bin, langsam und wie zeitversetzt, als sei sie auch noch taub geworden und hätte meine jähe Anwesenheit eher gespürt denn gehört. Max Braun befindet sich nicht in diesem Zimmer. Ich schließe die Zimmertür. Sie blickt mich mit fraglosen Augen an und wieder kann ich nichts lesen, keine Schrift in den Pupillen, keine Spur von Bedeutung, aber diesmal regt sich Ärger in mir. Ich stelle fest, dass ich atemlos bin.

»Susann«, sage ich und setze mich auf das Sofa. Sie greift nach ihrer Zeitschrift, klappt sie ohne hinzuschauen zu, setzt sich mit sehr geradem Rücken auf. Hinter ihrem Rücken streicht das Pendel die Zeit weg. Ich sehe draußen hinter der Gardine sich etwas bewegen, ein Schatten wischt vorbei.

Ich sage: »Ich kann das nicht mehr. Ich kann es nicht entscheiden. Es ist zu groß für mich. Oder es hat nicht wirklich etwas mit mir zu tun. Ich bin nicht die Person, um die es geht. Ich bin nicht der Mann für dich. Und du bist nicht die, die mich wirklich etwas angeht. Ich weiß nicht, ob ich mich klar ausdrücke, ob ich verständlich bin. Jetzt kommt es auf dich an«, sage ich. »Susann oder Marie.« Ein einziges Gestotter, und ich gucke sie voll an jetzt, wo mein Blick eben noch wild durch den Raum irrte. Ich betrachte ihr wahnsinnig schönes, glänzendes Haar. Wir schauen einander tief in die Augen. Und ich spüre, dass ich den Halt verliere, dass es ist, wie in einen Brunnen zu stürzen, aus dessen Tiefe es dunkel schillert, dass ich mich gerne an etwas festhalten möchte, und meine Hand greift nach dem Sofakissen neben mir mit dem grob gehäkelten Bezug.

»Du musst es entscheiden und nicht ich«, sage ich. »Du musst wissen, wer du bist oder sein willst. Ich kann das unmöglich für dich entscheiden.«

Susann schaut mich ohne zu blinzeln an, mit einer infernalischen Ruhe, die man aus der Atmosphäre waschen könnte, so wie ein Goldsucher mit einem Sieb den feinen Goldstaub aus dem Schlamm und dem Wasser wäscht.

»Ich dachte, ich kann alleine wegfahren und dich deinem Schicksal überlassen. Aber das kann ich nicht. Ich will, dass du dich jetzt entscheidest, hier, vor mir, dass ich weiß, wie du dich entschieden hast, dass ich es mitbekomme. Ich muss das wissen.«

Ich räuspere mich.

»Vermutlich ist es so«, sage ich, »vermutlich gibt es drei Möglichkeiten.«

Ich schaue die Ornamente auf der Tapete an und da ist wieder dieses Gefühl, absolut mit mir allein zu sein, für mich selbst zu sprechen, die Worte nutzlos in den Äther zu säuseln.

Ich sage: »Wir bleiben hier sitzen und warten, bis die Polizei oder wer auch immer erscheint. Wir lassen andere entscheiden. Ich bin sicher, dass Henry zu Hause mit Petra gesprochen hat, dass Petra ihm alles erzählt hat und die Polizei auf dem Weg ist. Wir warten und sie bringen uns zurück und alles wird wie immer, wie vorher.« Ich hole Luft.

»Oder du entscheidest dich, mit mir zu kommen, du steigst in meinen Wagen, in Henrys Wagen, und kommst mit mir. Aber mein Weg führt ebenfalls nach Hause. Ich habe keine Lust mehr oder keine Kraft, noch weiter vor irgendetwas davonzulaufen. Das scheint mir sinnlos. Du kommst mit mir und ich bringe dich zu Henry oder du kommst erst einmal mit zu uns, zu meinem Vater und mir, oder wir fahren direkt zur Polizei. Das scheint mir das Beste. Ich nehme an, dass es die Gemüter beruhigen hilft, wenn wir ihnen ein wenig entgegenkommen. Das würde ich gerne machen.

Ja, und die dritte Möglichkeit ist, dass du dich für Max

entscheidest, keine Ahnung, wie es dann weitergeht, und keine Ahnung, was das dann für mich bedeutet, wie es dann mit Henry weitergeht, aber das ist dann meine Sache beziehungsweise deine Sache und ich komme da schon irgendwie durch. So. Oder du machst etwas ganz anderes, keine Ahnung, was, aber ich habe sowieso keine Ahnung.«

Ich muss lächeln.

Susann hört nicht auf zu gucken. Als würde sie etwas aus mir herauslesen. Sie sitzt sehr starr. Aber es ist mir nicht mehr unangenehm, ich starre zurück jetzt.

Nach einer Weile, in der die Uhr getickt hat, öffnet sich die Tür, Max tritt zu uns in den Raum. Er schaut von einem Gesicht zum anderen. Susann schaut weiterhin mich an. Er setzt sich in einen kleinen, braunen Sessel, auch er trägt einen Blaumann, anscheinend sind Partnerlook-Wochen angebrochen. Kurz drängt sich mir das Bild auf, wie die beiden zusammen unter einem museumsreifen Traktor liegen, Schmieröl tropft von oben auf sie herab, und sie sind nackt unter dem Blaumannstoff.

»Martin«, sagt er, »was machst du hier, wo bist du gewesen?«

»Ich habe Susann gerade gesagt«, sage ich, »dass ich möchte, dass sie sich jetzt entscheidet, in diesem Augenblick. Denn ich habe meine Entscheidung getroffen.«

Ich sage ihm, dass die Polizei bald hier sein wird, dass wir warten können oder aber uns vorher entscheiden, dass ich mich entschieden habe und jetzt auf Susanns Entscheidung warte.

»Wie«, sagt er und rauft sich die Haare. Er guckt mich mit großen Augen an. »Ich weiß, wie das läuft, wenn die Polizei hierher kommt und die Dinge regelt, das habe ich schon einmal erlebt! Das mache ich nicht noch einmal mit! Ich lasse mir Marie nicht noch einmal wegnehmen. Nicht mit mir, nur über meine Leiche.«

Er verschränkt die Arme vor der Brust, streckt die Beine lang unter den Tisch, dass sie an meine Marionettenfüße stoßen. »Dann haue ich lieber ab«, sagt er, »Marie.«

Sie wendet den Kopf und blickt ihn an, und ich fühle mich körperlich befreit, ein leises Aufatmen.

»Ich packe die Taschen«, sagt er. »Wir werden hier nicht herumsitzen und warten, oder? Marie? Wir fahren weg, keine Ahnung, wir machen eine Reise, ja? Marie, ich packe jetzt die Taschen und du fährst mit mir, ja? Wir fahren weg, ja? Wir machen noch mal Flitterwochen, okay? Wir beide, Bonnie und Clyde, okay?«

Ich sitze da und schüttle den Kopf, aber es geht mich nichts an, ich sollte es betrachten wie Fernsehen.

Max lacht auf. »Das ist bescheuert, ich laufe aus meinem eigenen Haus weg!«

Er geht aus der Kammer, die Tür bleibt offen stehen.

Susann hat den Kopf gewandt und schaut durch die Gardine aus dem Fenster.

Ich sage: »Ich wünschte, du würdest sprechen, ich wünschte, du würdest handeln, du würdest endlich einmal etwas selber tun.«

Ich wünschte, sie würde wenigstens seufzen. Aber sie bleibt still.

Dann erhebt sie sich und legt die Zeitschrift zur Seite. Sie kommt auf mich zu, auf meiner Höhe verharrt sie, ihre Hand liegt kurz auf meiner Schulter. Dann geht sie aus dem Zimmer. Ich höre, wie sie die Dielentür öffnet und schließt. Ich stelle mich in den Türrahmen, keine Ahnung.

Irgendwann steht Max mit seinen beiden Taschen vor mir.

»Wo ist sie?«, keucht er.

»Weg«, sage ich. »Aufgestanden, weggegangen.«

Ich folge ihm wie ein treuer Hund nach draußen auf den Hof.

Marie sitzt in Max' Wagen. Sie sitzt auf dem Beifahrersitz des Passats. Ich nehme an, dass das eine Entscheidung ist. Ich könnte heulen, aber ich habe es nicht anders gewollt. Während Max die Taschen im Auto verstaut, schlurfe ich zur Hofeinfahrt hinüber, um das Tor zu öffnen. Der Motor wird angelassen. Ich halte das Gatter für den Wagen auf. Max hat beide Fenster heruntergelassen.

»Wie geht es weiter, Martin?«, fragt er.

Ich zucke die Schultern, ich habe jetzt wirklich Tränen in den Augen.

»Daniel«, sage ich.

»Kannst du uns die Polizei und diesen Henry vom Hals halten?«

»Nein«, sage ich, »ich kann gar nichts mehr, nein.«

Ich bücke mich und blicke Susann an, aber sie schaut nicht, sie beißt sich auf die Lippe. Ich nestle meine Brieftasche aus meiner Jeans. Komisch, ich muss das jetzt klarstellen. Ich halte Susann meinen Personalausweis hin.

Ich sage: »Ich heiße Daniel. Ich heiße Daniel Martin. Martin ist mein Nachname, verstehst du? Ich habe dich angelogen. Ich bin kein Martin.«

Susann sagt nichts, sie schaut mich nicht an, sie streicht sich eine Strähne hinter die Ohren, aber sie lächelt.

»Du machst Sachen«, sagt Max.

»Ja«, sage ich.

»Trotzdem alles Gute«, sagt er, »du Daniel.«

»Euch auch«, will ich sagen, aber ich kriege es nicht aus mir heraus.

Ich stehe da und blicke dem Wagen hinterher mit meinem

Personalausweis in der Hand, den Rücklichtern im Regendämmer, wie er kleiner wird auf dieser Dorfstraße im Nichts, und mir fällt auf, dass es jetzt das zweite Mal innerhalb kurzer Zeit ist, dass ich einem Wagen mit gemischten Gefühlen hinterherschaue, so bedeutungsschwer, mich gleichzeitig so leer und so übervoll fühlend. Beim letzten Mal stand Susann neben mir, jetzt sitzt sie im Wagen.

Ich schließe das Gatter.

Im Haus halte ich den Telefonhörer in der Hand, keine Chance, ihn in einen Mülleimer zu werfen.

Ich setze mich an den Küchentisch und stelle mir vor, was Henry mit mir macht, wenn er mich in die Finger bekommt. Erst habe ich seine Frau entführt, und jetzt habe ich sie auch noch gehen lassen mit einem Mann, der sie als seine Frau betrachtet. Erst genommen, dann ins Nichts geschickt. Das wird mir Henry schwer verzeihen können.

Dann verbiete ich mir, nachzudenken, es führt zu nichts.

Ich warte.

Hin und wieder stehe ich auf und betrete einen Raum, das Wohnzimmer zum Beispiel, und gebe den Sofakissen einen Schlag mit der Handkante. Oder die Vorratskammer mit dem streng riechenden Schinken am Haken und den Mäusefallen auf den rohen Holzdielen. Ich lasse meine Blicke wandern, ich trinke die Stille. Dann sitze ich wieder am Tisch.

Ich mache einen Gang zum See hinunter.

Am See ist es windig, es weht mir den Nieselregen ins Gesicht. Ich stehe da und schaue auf die graue Wasserfläche hinaus. Beschaue mir die dunkelgrünen Nadelbäume gegenüber, den grauen Himmel darüber. Die Badeanstalt ist vollkommen leer. Ich weiß nicht, wie lange ich stehe. Ich sauge mich gründlich voll Nässe, ich sauge sie von unten durch die Sohlen hindurch in mich hinein, durch den Boden aus dem See, und ich nehme sie mit meiner Haut durch die Luft auf. Ich wende den Kopf. Zwanzig Meter weiter steht Petra, sie schaut zum anderen Ufer hinüber, dann wendet sie den Kopf und sieht mich an. Ein unwirklicher Moment vergeht, in dem wir beide still in zwei unterschiedlichen Universen stehen, stehend aneinander vorbeitreiben und uns unbewegt in die Augen gucken. Dann dreht sich die Welt weiter, die Universen fügen sich ineinander. Sie schüttelt den Kopf und kommt auf mich zu.

»Warum bist du nicht mehr ans Telefon gegangen?«

Ich zucke mit den Schultern. Sie guckt mich prüfend an.

»Alles okay mit dir?«, fragt sie.

»Klar«, sage ich, »alles Bestens.«

Petra lächelt. »Stehst du schon lange hier?«

»Keine Ahnung«, sage ich.

»Wo ist Susann, wo ist dieser Mann, dieser Max?«

»Weg«, sage ich, »sie sind weggefahren, Susann hat sich so entschieden, sie möchte Marie sein oder sie ist es, ich verstehe es nicht. Ich habe sie selbst entscheiden lassen.«

Petra schüttelt den Kopf.

»Immerhin, gutes Timing, genau in dem Moment, wo sich hier die ganze Welt versammelt, um sie einzusammeln.«

»Wer?«, frage ich.

»Dein Vater ist da. Wir sind gemeinsam hergekommen. Und Henry, um seine Frau abzuholen. Und die Polizei ist da, natürlich.«

»Hm«, mache ich. »Und du?«

»Ich habe alles verraten«, sagt sie. »Ich konnte nicht anders. Ich habe die Polizei hierher geführt.«

»Klar«, sage ich.

»Ich dachte, ich guck mal nach dir, ich wusste ja, dass du irgendwo sein musst, der Wagen stand ja da. Und ich dachte, besser, ich finde dich als Henry.«

»Ja«, sage ich.

Ich sage: »Ich habe Angst.«

»Zu Recht«, sagt Petra. »Du bist so doof.«

»Ich weiß«, sage ich.

»Bleib mal hier stehen«, sagt sie. »Ich sage deinem Vater Bescheid, dass du da bist. Dann kann man Henry schon mal an die Leine nehmen.«

»Okay«, sage ich.

»Versprichst du mir, dass du noch hier bist, wenn ich wiederkomme? Ich sage nur deinem Vater Bescheid.«

Ich nicke.

»Wirklich?«, fragt sie. »Kann ich mich darauf verlassen? Kann ich dich überhaupt allein lassen?«

»Ja«, sage ich. »Ich bin ja kein kleines Kind mehr.«

»Okay«, sagt sie, aber sie schüttelt den Kopf dabei. Dann dreht sie sich um und verschwindet in Richtung von Max' Haus.

Ich stehe am Ufer des Sees und starre auf das Wasser. Ich stehe und starre, und für einen kurzen, ewigen Moment verliere ich mich ganz. Ich starre auf die Oberfläche und auf einmal sehe ich, wie aus der bleigrauen Fläche zwei Delfine tauchen, schneiden, springen, sie springen zwei versetzte, perfekte Bögen, eine vollkommene Choreographie. Danach sind sie wieder verschwunden und die Oberfläche des Sees beruhigt sich.

Ich schaue auf das Wasser und denke an Max und Marie und wie weit sie schon weg, ob sie in Sicherheit sind. Dann fällt mir auf, dass der Hund neben mir steht, der schwarze

Hund. Er setzt sich neben mich und schaut zu mir auf. »Was soll ich tun?«, frage ich ihn.

Der Hund trottet vor mir her. Am Rand der Kopfsteinpflasterstraße bleibt er stehen und schaut mir aufmerksam ins Gesicht. Er will mir etwas sagen mit seinem Blick.

Von hier aus kann man die Toreinfahrt sehen. Das Tor steht offen, aber es lädt mich nicht ein. Zu viele Wagen stehen auf dem Hof. Ein Polizeiwagen ist dabei, daneben ein dunkelblauer Ford. Ich kann den Mercedes von Petras Vater erkennen, ein silberner Mercedes Kombi.

Ich kann Gestalten auf dem Hof erkennen, zwei Männer, die ich nicht kenne, die zum Ford gehen und etwas aus dem Wagen nehmen.

Ich könnte auch zu Henrys Auto rennen und Max und Marie hinterherfahren, aber wozu?

Ich könnte auch nach Hause fahren und mir die Decke über das Gesicht ziehen, aber die Lawine werde ich nicht aufhalten.

Ich könnte irgendwohin fahren und irgendwo neu anfangen, aber wie das, wenn das Alte unvollendet zurückgelassen wird?

Ich kann den Wagen auch auf den Hof lenken, das Gaspedal durchtreten und mit vollem Karacho in die ganzen bescheuerten Autos hineinrasen, auf den letzten Metern noch massig materiellen Schaden verursachen. Die Variante finde ich gar nicht so schlecht.

Ich kann mich auch irgendwo verstecken, verkriechen, im Wald in einer Hütte aus Stöcken und Laub, ich könnte mich von Beeren ernähren und Würmern und Insekten und Fleisch aus den Fallen, die ich aus Wurzelholz konstruiere, und irgendwann in Jahren findet mich ein Dorfbewohner und ich werde berühmt in der Lokalzeitung als der Waldmensch von ichweißnichtwo, mein Foto mit langen, verkletteten Haaren und Bart, ausgemergelt, nur einen gelblichen Lendenschurz tragend, auf einen Speer aus Kiefernholz gestützt.

Vielleicht ist es das Beste, mir einfach eins in die Fresse abzuholen. Schutzlos. Konsequent. Vielleicht kann ich dann an anderer Stelle weitermachen. Mit mir.

»Ciao, Hundi«, sage ich. »Ich gehe zum Hof von Max Braun.«

Und dann ist es, als stünde ich in einem Tunnel, wir stehen in der Küche, ich bin einfach an diversen Exemplaren der Spezies Mensch vorbeigegangen, manche griffen nach mir, andere nicht, jetzt bin ich in der Küche, in diesem Tunnel, alleine mit Henry, er am einen, ich am anderen Ende, wir gucken uns an und es ist sehr still, wie im tiefen Dunkel eines Teilchenbeschleunigers, bevor der Strom angeht, der Schub einsetzt, und dann bewegen wir uns endlich aufeinander zu, wir beschleunigen, erst langsam, dann rasant schnell. Die anderen sind ausgeblendet, Henry wird größer, sein Gesicht schillert, seine Augen lodern, er hat große, schwarze Augen, er ist der Wolf, der mich fressen wird, ich schaue weit und atemlos in dieses Gesicht, das eine Landschaft wird, und da ist nichts als Hass und Angst und Wut und Trauer. Und dann ist er bei mir und zimmert mir mit seiner rechten Faust ein zusätzliches Zimmer neben meinen Kiefer, eine Kammer, ein Nest des Schmerzes, dort darf der Schmerz für immer wohnen, mein Kopf fliegt zur Seite, ich sehe den Küchenschrank davonschweben, Halt! will ich rufen, aber schon fliege ich hinter ihm her durch den Weltraum, fliege durch die Küche und knalle mit dem Kopf gegen den Blecheimer, in dem Max Braun die Essensreste zu sammeln pflegt. Schon ist Henry auf mir und wieder habe ich seine Hände im Gesicht, links und rechts, und habe Angst, dass meine Nase bricht, drehe den Kopf weg und seine Faust knallt auf einen Ort oberhalb des Kiefers und es knirscht, es schmerzt, und trotzdem, ja, ich begrüße diesen Vorgang, ich unterstütze seinen Standpunkt, ja, es scheint mir nur recht und billig, und es hat eine gewisse schnörkellose Berechtigung, es besitzt eine immanente Schönheit, und ja, Sie könnten vielleicht noch einmal hier, da habe ich es wirklich bitter nötig, bitte ja, nur keine Hemmungen. Ich würde lächeln, wäre mein Gesicht nicht zu zerrissen. Aber dann zerrt man ihn fort von mir, diesen schweren Körper, den fuchtelnden, lauten.

Na ja, es tut sehr weh. Ich liege da und will nicht zu mir finden. Das war im Grunde das Wahrhaftigste, was ich in den letzten Tagen zustandegebracht habe.

Später stehe ich auf dem Hof und alle sprechen auf mich ein. Petra und mein Vater. Papa nimmt mich in den Arm, steckt seine Nase in mein Haar. Das fühlt sich gut an, obwohl ich körperliche Schmerzen empfinde. Jedes Ruckeln meines Kiefers schmerzt. Ich stehe neben dem dunkelblauen Ford auf dem Hof. Ein Polizist, ein Kommissar, kommt herüber und will etwas von mir, aber mein Vater und Petra reden lange auf ihn ein. Schließlich sagt der Polizist, dass er mich noch ausführlich sprechen werde in der Stadt, jetzt könne mein Vater mich mitnehmen, ich solle zur Ruhe kommen. Wir würden alles Weitere später ausführlich besprechen. Ein Streifenpolizist steht abseits, eine Taschenlampe in der Hand, und sieht zu, wie Petra mit einem Taschentuch in meinem Gesicht herumtupft. Ich frage mich, was er mit der Taschenlampe will. Er schaut mich unverwandt an, schamlos, finde ich, aber ich kann mich wohl kaum beschweren. Dann tritt Henry zwanzig Meter weiter aus der Haustür, er ruft etwas und klingt dabei entfernt wie ein röhrendes Tier, er will zu mir herüber, aber er wird von einem Polizisten festgehalten und wieder ins Haus gedrängt. Ich blicke auf meine Schuhe, die im Dreck des Hofes stehen, ganz still und für sich, wie zwei kleine märchenhafte Boote für Füße. Das macht mich schmerzhaft lächeln.

Etwas später sitze ich im Wagen von Petras Vater. Petra sitzt am Steuer, mein Vater auf dem Beifahrersitz. Sie behandeln mich wie einen Patienten, denke ich, als hätte ich sie nicht mehr alle, als könne man mich nicht mehr ernst nehmen.

Ich sitze im Auto auf der Rückbank wie ein kleiner Junge und werde nach Hause gefahren. Ich blicke auf meine Hände, die in meinem Schoß liegen.

Mein Vater dreht sich zu mir um. »Wie fühlst du dich?«, fragt er.

»Müde«, sage ich.

Er schaut mich an, darauf fällt ihm keine Erwiderung ein. Wir sitzen da und schauen uns in die Augen und irgendwann halte ich es nicht mehr aus und schaue wieder meinen Händen zu. Ich spüre, dass mein Auge zuschwillt. Petra nimmt einen anderen Weg als den, den ich auf der Hinfahrt gekommen bin. Sie fährt auf die Autobahn. Wir fahren an einem Fabrikgebäude vorbei, auf dem *Dr. Oetker* steht, das erkenne ich durch meinen Sehschlitz.

Ich lasse mich zurück in die Polster gleiten. Es ist still im Wagen. Irgendwann wechseln Petra und Papa Worte, aber ich habe meine Ohren auf unscharf gestellt. Es ist wie früher in der Kindheit, ein Gefühl von Geborgenheit überkommt mich. Vorne reden die Erwachsenen, Mama und Papa, und hinten sitzt das Kind und muss sich um nichts kümmern, dafür sind die Erwachsenen da.

Ich frage mich, wie ich dastehe in der Sache, bislang, wenn man sie wie eine Geschichte betrachtet, wenn man nach der Moral sucht, wenn man sich fragt, wer der Gute und wer der Böse ist. Eigentlich hatte ich immer gedacht, dass ich der Gute bin, mein Leben lang, der Prinz, der Held in meiner Geschichte. Und Susann eine Art vom Drachen geraubte Prinzessin, der ich helfen muss. Ich war auf jeden Fall der Gute in meiner Vorstellung. Aber jetzt wird mir klar, dass ich der Böse bin, nicht Henry oder Max, ich bin der Bösewicht, ein total harmloser und vertrottelter dazu. Ein Schurke aus Doofheit. Der Einzige, der sich andauernd etwas zuschulden kommen lässt, bin ich. Ich habe von Anfang an geschwindelt und betrogen, ohne es dabei böse zu meinen. Ich habe Henry nicht meinen richtigen Namen gesagt. Ich habe mit seiner Frau geschlafen, sie entführt usw. Ich habe mich trotzdem für eine Art Parzival gehalten, ein naiver Held, der sich durch die Welt kämpft, im Herzen rein und gut. Mir ist nicht aufgefallen, dass die anderen vielleicht reineren Herzens sein könnten. Ich bin der Bösewicht.

Irgendwie verdutzt mich das. Und ich finde es gar nicht mal so schlecht. Das hätte ich mir überhaupt nicht zugetraut.

Lächelnd schlafe ich ein, und als ich aufwache, kann ich mein linkes Auge nicht öffnen. Wir sind immer noch auf der Autobahn. Ich lasse die Augen geschlossen, gebe mich dem Brummen des Motors hin. Lasse meinen Kopf hin und her schaukeln.

Mein Vater sagt: »Ich war bereits 38, als er zur Welt kam. Seine Mutter war ganz anders als ich. Manchmal war ich mir nicht sicher, ob ich überhaupt der Vater bin, sie hatte immer mehrere Männer. Er kommt auf jeden Fall viel mehr nach ihr als nach mir. Manchmal sehe ich ihn an und kann es nicht fassen, wie sehr ich sie durch ihn sehe, dann muss ich mir richtig an die Brust fassen.«

»Hm«, macht Petra.

»Als er zur Welt kam, dachte ich, dass sie jetzt ihre wilde Zeit hinter sich habe. Ich hatte gedacht, ich könne sie irgendwie zähmen. Aber sie hatte immer das Gefühl, ich wolle ihr die Freiheit nehmen und sie müsse ausbrechen. Anfangs war ich wohl eine Art Exot für sie, weil ich so seriös war. Musiker in einem klassischen Orchester, Rundfunkorchester, damit konnte sie gut angeben, eine Weile, vor ihren Freunden.«

Petra lächelt, stelle ich mir vor, ich kann es zwischen meinen fast geschlossenen Lidern hindurch nicht erkennen.

»Als er klein war, habe ich ihm immer erzählt, seine Mama sei nur verreist, sie würde eine große Reise machen. ›Wann kommt sie denn wieder?‹, hat er immer gefragt. Ich glaube, dass sie einfach nichts mehr mit dem Leben anzufangen wusste, als sie das klamme Gefühl bekam, das Pulver der Jugend verschossen zu haben. Ehe, Familie, Beruf, später Rente, die ganzen mittleren Jahre sagten ihr gar nichts.«

»Das ist ja auch schwierig, scheint mir«, sagt Petra.

»Gewiss«, sagt Papa. »Was macht man mit einem Gewehr, wenn man glaubt, über kein Pulver mehr zu verfügen? Der Unterschied zwischen seiner Mutter und ihm ist, dass er noch nicht einmal etwas mit seiner Jugend anzufangen weiß. Sie hat wenigstens noch Sex gehabt und Drogen genommen.«

Mein Vater schnaubt vor sich hin und Petra guckt ihn mit fragendem Blick an.

»Was machst du jetzt eigentlich?«, fragt er.

»Ich studiere in Lund. Ich will Anwältin werden. Hat Daniel das nicht erzählt?«

»Doch, bestimmt, kann schon sein. Das ist gut, Anwältin.«

»Ja«, sagt Petra.

»Ich wünschte, er würde auch etwas machen, irgendeinen Schritt.«

»Das kommt noch«, sagt sie, »er ist ein Spätstarter. Der geht schon seinen Weg.«

»Meinst du?«, fragt er.

»Klar«, sagt sie. »Ich glaube an ihn.«

Als wir nach Hause kommen, ist das ganze Dorf in Aufruhr. Die Bewohner sind auf den Straßen, Übertragungswagen stehen überall geparkt. Ich fühle mich geschmeichelt, aber so groß ist die Sache nun auch wieder nicht.

»Was ist denn hier los?«, frage ich, setze mich auf, wuschel mir die Haare zurecht.

»Der Bürgermeister ist zu Besuch«, sagt Petra.

»Aha?«, frage ich. »Wieso das denn?«

»Er lässt sich jetzt herab, mit den Betroffenen zu reden, der große Gönner. Klar, er will die Besitzer überreden, die Grundstücke zu verkaufen, er will Stimmung machen, will sie um den Finger wickeln.«

»Ah«, sage ich und stelle mich wieder auf Wirklichkeit ein. »Und das lässt du dir entgehen?« Ich suche Petras Blick im Rückspiegel.

»Was soll man machen«, sagt sie, »manchmal muss man Prioritäten setzen.«

Ich möchte gerne etwas Kluges und Witziges entgegnen, aber ich merke, dass ich nichts sagen kann, es durchpulst meinen Körper warm und mein Gesicht wird rot, röter, als es ohnehin schon ist.

19. Die Arp-Schnitger-Orgel

Danach lassen sie mich tagelang in Ruhe. Ich sitze in meinem Zimmer, höre Musik, schaue aus dem Fenster. Sie behandeln mich wie einen Rekonvaleszenten, Petra und mein Vater, es fehlt nur noch, dass ich einen Pfleger zugesprochen bekomme, der mit mir Ausflüge in den Zoo unternimmt. Am zweiten Tag begleitet mich mein Vater zur Polizei, wo ich mit dem Inspektor sprechen muss. Ich sitze neben meinem Vater in einem nach Behörde riechenden Büro vor einem Schreibtisch und erzähle die Geschichte so, wie sie sich meiner Meinung nach zugetragen hat. Mein Vater sitzt dabei und hört sich alles an, aber er lässt sich nichts anmerken. Der Polizist sagt, dass es eine Anzeige geben wird, Henry sei außer sich vor Wut, verletztes Vertrauen, Vernachlässigung der Aufsichtspflicht, Menschenraub und so weiter. Das werde sicher nicht so heiß gegessen wie gekocht. Aber es liege in der Tat ein eklatantes und ungesetzliches Fehlverhalten vor. Noch immer wisse man nicht, wo sich Max und Susann aufhalten, es gäbe keine Spur, Max gilt jetzt als Entführer, sein Wagen steht auf der Fahndungsliste. Ich betone noch einmal, dass Susann freiwillig eingestiegen ist und dass ich nach wie vor nicht sicher bin, ob Marie und Susann nicht doch ein und dieselbe Person seien. Der Inspektor und mein Vater tauschen einen Blick, aber sie sagen mir nichts, aus dem ich schlauer werden könnte, als ich ohnehin schon bin. »Die Frau von Herrn Windgassen wird von uns derzeit nicht als eine mündige Person angesehen«, sagt der Inspektor. Und mein Vater sagt: »Mach dir keine Gedanken, Daniel, das kommt schon wieder in Ordnung«, was mir absolut unpassend erscheint. Ich sage nichts, ich habe alles gesagt, ich zucke die Schultern und alles, was ich noch sagen könnte, ist: Ich bin müde müde müde, als hätte mir jemand wolkigen Halbschlaf ins Getränk geschüttet. Dann gibt es eben eine Anzeige, na und.

Aber sie lassen mich gehen, mein Vater darf mich mit nach Hause nehmen.

Am Wochenende gehe ich in den Gottesdienst, und es ist mir gleich, ob die Leute mich angucken. Ich gehe in die Kirche, weil mein Vater auf der Orgel spielt. Als ich weg war, hat der Pastor ihn gefragt, ob er hin und wieder für den Organisten einspringen will. Mein Vater! Der sonst schon leise stöhnt, wenn er sich die warme Decke aus der Schublade holen muss. Und mein Vater hat zugesagt. Es kommt mir vor, als wäre ich Wochen weg gewesen, nicht nur ein paar Tage. Früher hat er gerne gespielt, aber er tut es schon seit Jahren nicht. Und dass er sich an eine große Kirchenorgel herantraut, an die Arp-Schnitger-Orgel in der Neuenfelder Kirche, das hätte ich nicht für möglich gehalten. Ich hätte jedem einen Vogel gezeigt, hätte man mir das vor zwei Wochen erzählt. Jetzt sitzt er oben auf der Empore, wo ich ihn nicht sehen kann. Ich starre den nackten Arsch vom Dämon auf dem Fresko an, die prallen Hinterbacken vibrieren vor Energie, und ich kann anhand der Musik erkennen, dass mein Vater lebt, dass er gerade mal wieder ankommt in einer Art von Leben, und dass es dazu meiner Abwesenheit bedurfte und dieses Instruments, das seinen Atem in den Menschen dort oben bläst.

Und das macht mich glücklich für einen Moment. Ich sitze in der Kirche, Petra sitzt neben mir, und vorne auf der Kanzel erzählt ihr Vater irgendeine Geschichte.

Nachts mache ich einen Spaziergang mit Susann am Deich entlang. Sie ist wieder da, oder sie ist niemals weg gewesen. Sie steht auf der Kuppe, ich unten im Gras. Plötzlich schiebt sich ein Beluga-Airbus hinter ihr durch den Himmel wie ein mutierter Riesendelfin. Ich stehe unten mit offenem Mund und starre zu Susann empor mit den flammenden Haaren auf dem Deich, vor diesem Monster von Flugzeug, das nach ihrer Wirklichkeit greift. Der Beluga taucht brüllend über sie hinweg, der Lärm versengt mir die Ohren, und es ist, als bekäme durch ihn Susanns Schweigen schärfere Konturen, als ließe sich vor der Matrize der Lautstärke des Flugzeugs die Stille in ihrer ganzen Gestalt und Schönheit begreifen.

Dann wache ich auf und mir laufen die Tränen runter, ob ich will oder nicht. Etwas hat sich in meiner Brust geöffnet und es fließt wie bei einem Staudammbruch in China. Ich liege da und reiße den Mund auf, Wasser fließt mir das Gesicht herunter, macht mein Kopfkissen nass.

Ich sitze am Küchentisch und lese die Zeitung. Auf Seite drei wird berichtet, dass die Kirche ihre Grundstücke, um die es ebenfalls geht, für unverkäuflich erklärt hat, dass sich die Landesbischöfin hinter den Beschluss der Gemeinde stellt und dafür harten Gegenwind von allen Seiten, der Politik und bestimmten Medien, ins Gesicht geblasen bekommt. Ich lese, dass ein Obstbauer trotzdem schon öffentlich darüber spekuliert, was er mit dem vielen Geld für sein zentrales Grundstück anstellen könnte. Ich puste in meinen Kaffee und stelle mir vor, was Petra denkt, wenn sie die Zeitung liest.

Dann gehe ich nach vorne, um nach der Post zu sehen.

Es ist eine Postkarte.

Max schreibt, dass er mir danken möchte, dass ich ihm seine Frau zurückgegeben habe. Es ginge ihnen gut und sie würden beide an mich denken. Ich stehe an den Türrahmen gelehnt und es ist passend, dass dort der Türrahmen ist, denn sonst würde ich glatt umkippen, nach hinten wegsinken oder in mich zusammensacken. Mir wird abwechselnd heiß und kalt, ich merke, dass meine Wangen glühen, und ich hoffe, dass mich keine Polizei heimlich beschattet. Er hoffe, schreibt er, dass sie eines Tages wieder zur Ruhe kommen könnten, noch ginge das natürlich nicht. Dann würden sie sich sicher bei mir melden, ich sei ja so etwas wie ein Pate ihrer Liebe. Und dann sind da noch zwei Worte in einer anderen, einer runden, ruhigen Handschrift unter seine gesetzt. Seine Handschrift besteht aus kleinen, geneigten, gehetzten Buchstabenkolonnen, die Worte am unteren Rand dagegen fließen dahin wie die langen Wogen eines abgeklärten Ozeans. Und es ist sonderbar, als ich die Worte lese, höre ich eine Stimme, eine tiefe, dunkle, etwas raue Frauenstimme, die die Worte synchron zu meinem Lesen ausspricht. Und ich bin sicher, dass es sich um die Stimme von Susann und Marie handelt, die identische Stimme. Und Susann schaut mir geradewegs in die Augen, sie sagt: »Danke, Martin.«

Und ich flüstere: »Daniel.«

Sie lächelt und wiederholt: »Martin.«

Und ich lächle ebenfalls und sage: »Meinetwegen.«

Und sie sagt: »Danke.«

Und dann lächeln wir beide.

Nach einer Weile drehe ich die Karte um und betrachte das Bild der größten Kuckucksuhr der Welt, die sich angeblich in Wiesbaden befindet. Ich schaue mir den Poststempel an, aber ich finde nicht heraus, wo die Karte abgeschickt worden ist.

Mein Vater hat gesagt, ich solle Henry Zeit geben. Es müsse Gras über die Sache wachsen. Dann, später, viel später, wenn alles wieder eingerenkt sei, solle ich mit einem Blumenstrauß bei ihm vorbeischauen, um mich bei ihm zu entschuldigen. Noch sei es zu früh dafür. Sonst passiere ein Unglück.

Aber ich kann unmöglich stillsitzen jetzt. Mir scheint, dass es die Gelegenheit ist, ins Reine zu kommen. Ich puste die Luft aus meinen Backen. Ich hole mein Fahrrad aus dem Schuppen und frage mich, wo der nächste Blumenladen ist.

20. Alles im Universum ist miteinander verbunden

Ein Beluga-Airbus taucht über mich hinweg, als ich am Deich entlangradele. Ich denke, dass bald hier, wo ich jetzt Fahrrad fahre, eine riesige Landebahn bis an das Dorf heranreicht. Und dass es Zeit für mich wird. Ich trete in die Pedale und denke an Susann und was ich mit ihr getan habe, und dass es das war, was mich dazu gebracht hat, mit dem aufzuhören, was ich vorher tat: die Zeit, die Luft, die Bewegung anhalten, die Vergangenheit bewachen.

Ich denke an das Alte Land, das sich rechts und links von mir entfaltet. Mein Altes Land, das vom Oberalten in einem Museum regiert wird. Unter dem Dach sitzt er in einer menschengroßen, perfekt eingerichteten Puppenstube und hält die Fäden in der Hand. Er sitzt unter dem Dach seines Museums an einem massiven Webstuhl und verknüpft die Fäden der Menschen des Alten Landes zu Schicksal. Ich bewege mich in diesem Augenblick, weil er an einem meiner Fäden zupft.

Ich denke an den Oberalten vom Alten Land, und ich sehe ihn am Rand der Bundesstraße zwischen Neuenfelde und Finkenwerder stehen, dreißig Meter voraus. Links von ihm der Elbdeich, hinter dem sich die Airbuswerft befindet. Sein weißes Haar wird vom Wind gebauscht, er trägt seinen braunen Anzug und ich bin sicher, dass seine Füße in Pinguinsocken stecken. Er hält einen Kirschbaumzweig in der Linken und streckt den Daumen der anderen Hand raus wie beim Trampen, und er bringt mich zum Stoppen damit.

»Daniel Martin, genannt Martin Daniel«, sagt er.

»Hallo«, sage ich.

»Also, was gibt es? Was gibt es Neues?« Er lächelt auf den Blumenstrauß hinunter.

»Na ja«, sage ich. »Ich habe eine Postkarte bekommen. Und ich bin auf dem Weg, mich zu verabschieden.«

»Gut.« Seine blauen Augen leuchten.

»Sag mal, du hast nicht Lust, den Laden hier zu übernehmen?« Er macht eine weite Geste, die alles einschließt. »Du verstehst, dass es nicht nur um das Museum geht, oder? Ich bin der Oberalte vom Alten Land, und ich werde langsam zu alt für den Job.«

»Hm«, sage ich. »Danke. Aber ich kann das nicht machen. Ich muss mich um andere Sachen kümmern. Ich bringe das jetzt zu Ende, und dann fange ich irgendwo anders an.«

Er lächelt. »Das klingt gut. Du verlässt das Alte Land und suchst dir ein neues.«

»Irgendwie ja«, sage ich.

»Übrigens«, sagt er und schaut zu zwei Elstern hinüber, die über die Deichkrone spaziert kommen. »Kauf dir ein eigenes Auto, dann brauchst du auch nicht mehr zu stehlen.«

»Alles klar«, sage ich und will mich abwenden.

»Daniel, eines noch. Weißt du, was der Schlüssel zu allem ist?« Das Gesicht des Oberalten sieht auf einmal ernst aus, er legt den Kopf schief und sieht mich an.

Ich schaue zu den Elstern hinüber, beide öffnen zeitgleich den Schnabel und keckern mir voller Hingabe entgegen.

Der Oberalte lächelt, er beginnt zu verblassen, schon stehe ich alleine im Wind am Rande der Landstraße mit meinem Fahrrad in den Händen und die Autos brausen an mir vorbei.

Ich stehe da mit meinem Blumenstrauß in der Hand.

Henry glotzt mich an. »Du«, sagt er. Ich strecke ihm die Blumen entgegen und mache einen Schritt zurück.

»Ich möchte mich entschuldigen«, sage ich, »bitte, schlag mich nicht. Ich weiß, ich habe Fehler gemacht.«

Er guckt mich böse an. Der Geruch des Hauses weht an ihm vorbei auf mich zu, hüllt mich ein, und ich denke daran, dass ich vor noch gar nicht langer Zeit ein paar Tage in diesem Haus gewohnt habe, und es kommt mir vor wie eine Geschichte aus der Vorzeit, als wären es unsere Ahnen gewesen, die das erlebt haben, und nicht er und seine Frau und ich. Sein Blick wandert zu den Blumen, die zwischen uns in der Abendluft zittern. Ich schaue ebenfalls die Blumen an, als könnten sie die Situation lösen, irgendwie. Die Blumen des Bösen. Schweigend stehen wir da. Alle Worte sind aus meinem Kopf geblasen. In meinem Kopf nichts, Ostereierschalenleere.

Er schlägt die Haustür vor mir zu.

Ich warte, denn ich kann unmöglich gehen jetzt, aufgeben, ich will mit ihm reden. Ich sage gegen das Türblatt, dass ich eine Postkarte bekommen habe von Susann.

Die Tür geht wieder auf.

Er schaut mich wortlos an.

»Ich habe eine Postkarte bekommen«, sage ich. Ich ziehe die Karte aus meiner hinteren Hosentasche und halte sie Henry hin. Er betrachtet das Bild der Kuckucksuhr, dann liest er sich den Text durch. Ich warte darauf, dass er mir die Postkarte zurückgibt, aber er macht keine Anstalten.

»Entschuldigung«, sage ich und muss schlucken. Henry starrt auf die Postkarte zwischen seinen Fingern hinab.

»Es tut mir wirklich sehr leid«, sage ich. »Ich möchte es dir gerne erklären, ich möchte so gerne mit dir darüber reden.«

»Mein Herz ist zu groß«, sagt er.

»Ich vertraue den Menschen zu sehr«, sagt er, als wir im Wohnzimmer sitzen. Die Postkarte liegt mit dem Bild nach oben zwischen uns auf dem Couchtisch. »Das ist schon immer so gewesen. Deshalb ist es so leicht, mich auszunutzen.«

»Ich habe dich nicht ausgenutzt«, sage ich. »Das habe ich nie gewollt.«

»Du hast mich angelogen«, sagt er. »Du hast mich hintergangen. Du hast meine Frau entführt.« Er nimmt einen Schluck aus seiner Bierdose. Er trinkt ein Bier, mir hat er keins angeboten. »Du hast mir einen falschen Namen gesagt, du heißt gar nicht Martin.«

»Es war ein Missverständnis«, sage ich.

»Von wegen«, sagt er und schnaubt.

»Du hast mich aber auch angelogen«, sage ich. »Du hast mir zumindest nicht alles erzählt.«

Henry guckt mich mit großen Augen an, die Bierdose vor seinem geöffneten Mund.

»Du hast mir nichts von Max Braun gesagt und dass die Polizei hier gewesen ist. Das hast du mir einfach verschwiegen, dabei ist es doch ein total bedeutsames Detail.«

»Das ging dich auch nichts an«, sagt er. »Du bist mit meiner Frau durchgebrannt. Du hast sie entführt. Und jetzt ist sie weg. Versuch ja nicht, den Spieß umzudrehen.«

Er schnaubt und schiebt sich die Brille mit dem Daumen auf die Nase.

»Ich werde dir das nicht verzeihen!«

»Ist okay«, sage ich, »das habe ich auch nicht erwartet, das habe ich verdient.«

Wir sitzen da und schweigen.

Ich frage mich, ob er wirklich nicht weiß oder ahnt, dass ich auch noch mit ihr geschlafen habe, ob man es mir ansieht irgendwie, ob mich irgendetwas verrät.

»Du hast ein ordentliches Veilchen da«, sagt er und deutet in Richtung meines blauen Auges.

»Stimmt«, sage ich.

Er trinkt seine Dose leer.

»Du trinkst zu viel Bier«, sage ich, obwohl ich so etwas nicht sagen sollte, ich weiß nicht, was mich reitet.

»Das geht dich nichts an«, sagt er.

»Trotzdem«, sage ich.

Er seufzt und schaut seine Bierdose in der Hand an, liest sich den Schriftzug durch, ein liebevoller Blick.

Ich schweige und schaue ihn mir an.

»Hast du schon immer so viel getrunken?«

»Nein, ich habe es mir angewöhnt. Ich habe mir das Biertrinken angewöhnt, eine schlechte Angewohnheit, sonst nichts. Aber es ist so hartnäckig, es ist so schwer, das wieder loszuwerden.«

Anscheinend liest er sich alles durch, was auf der Dose steht, Reinheitsgebot usw.

»Manchmal geht es schon bei der Arbeit los«, sagt er. »Manchmal trinken wir schon in der Frühstückspause. Aber meistens kaufe ich mir erst nachher am Kiosk zwei Dosen. Ich stehe den ganzen Tag in dieser Hitze, in dieser dämlichen, neonerleuchteten Großküche, es ist laut wegen der Maschinen, künstliches Licht, und ich hole irgendwelche vorgefertigte Nahrung aus den Plastikfolien, den ganzen Tag. Ich bediene diese Maschine, die die Sachen schonend auftaut, es ist stupide, du kannst es dir nicht vorstellen. Im Geist bereite ich die ganze Zeit die kompliziertesten Gerichte zu, immer neue Kreationen. Und wenn ich von der Arbeit komme, kaufe ich mir erst mal zwei Dosen Tuborg, der durstige Mann, um alles hinunterzuspülen. Sonst trinke ich immer das hier, Astra, aber wenn ich von der Arbeit komme: zwei Tuborg. Ich sitze an der Bushaltestelle und trinke mein Bier. Ich lasse die Busse vorbeifahren, die Abendsonne scheint mir ins Gesicht, oder es regnet, oder Wind weht eine Plastiktüte vorbei, und die Leute schauen mich an und schütteln den Kopf. Und erst wenn beide Dosen leer sind, nehme ich den Bus.«

Wir sitzen da auf unseren Sitzgelegenheiten, ich höre die Uhr an seinem Handgelenk ticken.

»Was ist jetzt?«, frage ich. »Wie geht es weiter?«

»Keine Ahnung«, sagt Henry. »Einfach so, weiter eben.«

Ich sage: »Ich weiß immer noch nicht wirklich, ob sie Susann ist oder Marie oder keins von beidem. Ich habe einfach nicht mehr unterscheiden können. Ich habe geglaubt, es habe eine Vertauschung oder eine Vermischung stattgefunden. Du selbst hast mir ja einen Klärungsauftrag gegeben. Ich dachte, ich muss etwas tun, und ich konnte dich ja schlecht um Erlaubnis fragen, das hättest du doch nie erlaubt.«

Henry schaut mich lange an.

»Wer ist sie?«, frage ich.

Er sagt: »Susann. Was weiß denn ich. Alles im Universum ist miteinander verbunden.« Er sieht traurig aus, als er es sagt.

Ich sage nichts, was soll ich dazu sagen.

»Mach dir nicht zu viele Gedanken«, sagt er.

»Wir sind alle eins, oder was?«

Wir sehen einander traurig in die Augen.

Henry zielt mit einem Revolverfinger auf mich: »Du hast es erfasst.«

Als ich nach Hause komme, finde ich das Haus leer. Der Sessel meines Vaters steht verlassen wie ein Mahnmal für den sorgengeplagten Vater. Ich laufe durch das Haus, aber er ist nicht da. Er hat mir keine Nachricht hinterlassen. Es zieht mir für einen Moment den Boden unter den Füßen weg. Ich denke: Er ist fortgegangen, weil er die Schnauze voll hatte von dir, du hast ihm zu viel Kummer bereitet. Jetzt ist er gegangen, ohne Bescheid zu sagen, weil du das Gleiche mit ihm gemacht hast, du hast ihn im Ungewissen und im Stich gelassen, das hat er dir nicht verziehen. Jetzt ist er fort und kommt nicht wieder.

Ich weiß, dass es Quatsch ist.

Was soll ich anfangen ohne ihn?

Ich sitze am Wohnzimmertisch und schaue in den Garten.

Ich rufe Petra an. Ich sage: »Ich weiß nicht, vielleicht kommt es dir komisch vor oder unangebracht, aber ich wollte dich fragen, ob du Lust hast, mit mir ins Delfinarium zu gehen?«

Petra schweigt.

»Irgendwie will ich dir das zeigen, es war wichtig für mich. Ich möchte es mit dir teilen.«

»Okay«, sagt Pet. »Ich kann ja meine Klappe halten, wenn wir da nebeneinandersitzen, dann ist es nicht so ungewohnt für dich.«

»Haha«, sage ich, aber ich muss lächeln.

»Wie kommen wir denn da hin?«, fragt sie.

»Stimmt«, sage ich. Darüber hatte ich mir noch keine Gedanken gemacht. Ich kann ja schlecht Henry fragen, ob ich seinen Wagen ausleihen kann.

»Mit dem Bus, schätze ich«, sage ich.

»Nee, lass mal. Ich frage meinen Vater. Das dauert mir sonst zu lange, die Geduld habe ich nicht.«

Im Delfinarium sitzen wir dicht am Becken, es ist nicht besonders voll. Ich betrachte die Südseebambusdekoration, aus der die Trainerin gleich treten wird, und freue mich über die gekreuzten Paddel, Fischernetze, Rettungsringe und die Malereien an den Seiten, ein Strand mit Brandung, Möwen und Delfinen. Irgendeine Popmusik dudelt blechern aus uralten Boxen, das Wasser leuchtet dazu abwechselnd blau und grün auf.

Petra liest das Schild ab, das vorne an der Kordel hängt, die die Zuschauer vom Becken trennt: *Bitte nichts in das Becken werfen und nicht in das Wasser fassen, danke.* »Bitte«, sagt sie, »gern geschehen. Und hier fühlst du dich allen Ernstes wohl?«

»Ja«, sage ich, »irgendwie schon.« Ich blicke mich um, atme die Chlorluft bewusst ein, schaue zu den runden Bullaugenfenstern hinüber, das getäfelte, runde Holzdach darüber mit den Streben zur Mitte, die bunten Scheinwerfer.

»Warte mal, bis es losgeht, dann erliegst du ihm auch, dem unwiderstehlichen Charme der possierlichen Meeressäuger.«

»Alles klar«, sagt Pet.

Wir schweigen. Sie sieht mich von der Seite an.

»Geht es dir gut?«, fragt sie.

Ich sage: »Ich frage mich immer noch, was das mit Susann und Marie ist. Und wie es mit ihr und Max weitergeht, wo sie jetzt sind und ob sie gefunden werden. Und was passiert, wenn man sie zurück zu Henry bringt. Und wie es Henry mit dem Kind geht. Das würde ich schon gerne wissen.«

»Daniel?«, fragt sie.

»Hm«, mache ich.

»Du weißt das echt nicht, oder?«

»Was?«

»Susann und Henry haben kein Kind.«

»Wie?«, frage ich.

»Weißt du das wirklich nicht? Sie haben kein Kind. Es ist bei der Geburt gestorben.«

Ich sitze da. Die Nachricht muss erst ankommen.

»Das sagst du jetzt bloß so, oder?«

»Das Kind ist tot auf die Welt gekommen, ein Junge«, sagt sie.

»Es gibt gar kein Kind?«

»Es gab eins, aber es ist tot, verstehst du? Jetzt gibt es kein Kind mehr.«

»Aber Henry hat von diesem Kind erzählt.«

»Er hat gelogen. Er hat sich vermutlich selbst angelogen, er hat sich etwas vorgemacht, sich an seine Wahrheit geklammert.«

»Aber die Fotos«, sage ich. »Da stehen Fotos von einem Kind in der Wohnung.« Dann fällt mir ein, dass Petra in der Wohnung der beiden gewesen ist, schräg genug.

»Ja, ich weiß«, sagt sie. »Aber das ist nicht ihr Kind, verstehst du, er hat irgendwelche Fotos aufgestellt.«

»Das glaube ich nicht«, sage ich, denn das würde alles verändern. Und dann sage ich gar nichts mehr, was weiß denn ich. Ich schweige. Mir hat es die Sprache verschlagen.

Petra betrachtet mich lange.

Sie sagt: »Vielleicht hatte Susann schon ewig keinen Plan. Vielleicht war das Kind ihr Ausweg. Und dann ist sie nicht über den Verlust hinweggekommen.«

»Hm«, mache ich.

»Und Henry auch nicht«, sagt sie. »Das liegt doch total nah.«

Ich stütze meinen Kopf in die Hände. Ja, es liegt total nah. Und gerade deshalb kann ich nicht daran glauben, es klingt zu einfach. Für mich soll sie immer Marie sein, wenn sie will, und gleichzeitig Susann. Sie soll das als Einzige entscheiden dürfen. Schon als Kind hatte ich kein Interesse daran, von irgendwelchen Schlaubergern über die Nichtexistenz von Weihnachtsmännern und ähnlichen Geheimnisträgern aufgeklärt zu werden. Ich habe ein persönliches Interesse an der Existenz von dunklen Ecken, die sich dem Licht der Vernunft entziehen.

»Und Marie?«, frage ich.

Sie macht: »Pfff! Keine Ahnung.«

Und da ergibt er sich ganz beiläufig für mich, ein Moment perfekter Balance. Wäre ich ein Delfin, wäre dies der Moment, nachdem ich durch den Reifen gesprungen bin: Ich befinde mich in der Luft, mein Leib schillert und glänzt, und das Lächeln steht mir unauslöschlich ins Gesicht geschrieben. Ich lächle, weil ich weiß, dass sie irgendwo dort draußen im Zweifelsfall sie selbst ist, und weil ich weiß, dass auch ich der sein darf, der ich bin.

Ich starre Petra an, während die Scheinwerfer aufblenden. Die Musik wechselt zu *Let me entertain you*, die Delfintrainerin kommt in die Manege gelaufen.

»Was soll eigentlich aus den Obstbauern werden, wenn du nicht mehr da bist?«, frage ich, weil es mir gerade ziemlich leer im Schutzbündnis vorkommt, wenn sie zurück ins Ausland geht.

»Die müssen sich jetzt selber helfen. Oder du musst für mich einspringen. Gute Idee eigentlich. Vielleicht wäre das ja was für dich.«

»Aus dem Gefängnis, oder was«, sage ich. »Wohl kaum.«

»Du kommst nicht ins Gefängnis.« Sie schaut mich an. »Du weißt, dass ich bald wieder weg bin, ja? Das weißt du?«

»Ja«, sage ich, »klar. Ich ja auch. Ich gehe ja auch bald weg.«

»Hm«, macht Petra, als hätte sie es längst gewusst. »Weißt du schon, wo du hinwillst?«

»Nö«, sage ich.

Ich denke an Henry und wie er in seinem Wohnwartezimmer sitzt und sich an einer Wand aus Bierdosen festhält. Dass es traurig ist, aber dass auch das mich nichts mehr angeht. Ich komme mir dumm vor.

Petra sagt: »Soll ich dir sagen, wie es mit der Landebahngeschichte weitergeht? Ich bin nämlich Prophetin.«

»Ja«, sage ich. »Schieß los.«

»Irgendeiner wird irgendwann verkaufen. Die Stadt wird immer mehr Geld bieten. Und der öffentliche Druck wird immer größer werden, Verräter am Wirtschaftsstandort usw.

Und irgendwann ist einer fällig, kippt um und schert aus. Gibt nach und sackt das Geld ein. Und damit ist es dann gelaufen. Dann kaufen sie einen nach dem anderen auf. Und in zwanzig Jahren gibt es hier kein Dorf mehr, irgendwann steht nur noch der Kirchturm wie drüben in Altenwerder. Wetten?«

»Ärgert es dich?«, frage ich.

»Maßlos.« Petra guckt grimmig nach vorne, wo ein Delfin auf die Wasseroberfläche klatscht.

Ich nehme ihre Hand und drücke sie fest. Die Delfine jonglieren jetzt mit den roten Bällen.

»Du bist die Größte«, sage ich leise, so, dass sie es nicht hören kann.

Die Trainerin lässt die Delfine sich im Halbkreis formieren. Ein kleiner Junge aus der Reihe hinter uns wird nach vorne gewunken. Er darf die Tiere dirigieren, damit sie für ihn musizieren. Sie machen auf ein Zeichen der Trainerin hin mit ihren Blaslöchern kreischende Geräusche, der Junge bewegt die Arme dazu.

»He«, sage ich zu Petra, »die Nummer kenne ich noch nicht.«

Auf dem Weg zum Ausgang kommen wir am Giraffengehege vorbei. Vor dem Zaun bleiben wir stehen.

»Es sind meine Lieblingstiere«, sage ich.

Komisch, denke ich, wir wissen so viel voneinander, aber das wusste sie noch nicht.

»Ja, sonderbar«, sagt Pet. Sie schaut den Bullen an, der uns von oben mit seinen ultralangen, dichten Wimpern anflirtet.

»Echt verboten, die Tiere. Alleine schon diese Gnubbel auf dem Kopf, echt schräg.«

»Ja«, sage ich. »Aber auch schön, oder?«

»Total.«

Ich greife mit beiden Händen in die Maschen des Zauns. Wie kann ein Universum ohne Geheimnis sein, wenn es solche Tiere in sich birgt?

»Sie haben blaue Zungen«, sage ich.

Als wir gehen, legt Petra den Arm um meine Schultern, als wären wir zwei Kumpels auf dem Weg aus dem Kindergarten nach Hause, und der ganze lange Nachmittag im Wald oder auf dem Fußballplatz oder in der Kiesgrube liege noch vor uns, ein echtes Abenteuer.

Ich danke Sigrid Behrens, Thomas Wellhausen, Gordon Roesnik, Tina Uebel, Svea Kutschke, Daniel Beskos, Peter Reichenbach, Blanka Stolz, Alexandra Kaie, Tom Kraushaar, Katja Winter, Dr. Reinhard Behrens, Karin Graf, Oliver Windgassen und der Behörde für Kultur, Sport und Medien der Freien und Hansestadt Hamburg für ihre Unterstützung.

Das Zitat von Marie Braun auf Seite 149 entstammt einem unveröffentlichten Text von Alexandra Kaie.

Die Informationen zur Chronologie des Airbus-Konflikts sind dem Buch »Das Mühlenberger Milliardenloch« von Uwe Westphal und Renate Nimtz-Köster entnommen, erschienen bei Edition Nautilus.

© Foto: Tanja Bächlein

Michael Weins

*1971, lebt als Autor und Psychologe in Hamburg. Mitbegründer der Literaturclubs Machtclub und Schischischo. 2001 erschien sein Kurzgeschichtenband »Feucht«, 2002 sein Roman »Goldener Reiter«, 2007 sein Erzählband »Krill« im mairisch Verlag. Er erhielt zweimal den Förderpreis für Literatur der Freien und Hansestadt Hamburg, zuletzt für einen Ausschnitt aus »Delfinarium«.
www.michaelweins.de